一九八〇年九月 約翰・海恩斯於理查森小屋　PHOTO © JOHN HAINES

星星、雪、火

在阿拉斯加荒野二十五年，人與自然的寂靜對話

約翰・海恩斯——著
尤可欣——譯

The Stars, The Snow, The Fire

Twenty-Five Years in the Alaska Wilderness

給真正的讀者

「經驗」最真實的樣貌，並不是順著時間之流、一刻接著一刻產生，也不是按在我心中留下精準記憶的先後順序；它反而是一種毫無順序的追想。那些印象的閃光忽前忽後，一下子投射在過去的某一刻、一下子又來到未來的某個瞬間。

——詹姆斯・艾吉（James Agee）

推薦序

一個來自極北之地的古老之夢

荒野保護協會榮譽理事長　李偉文

住在亞熱帶海島地區的我們，很難體會得到《星星、雪、火》的作者約翰．海恩斯在阿拉斯加長達二十多年的獵人生活，除了這已是極少數人曾經歷過的生活經驗，也因為長期處在沒有人煙的荒野中，孤獨又艱困的環境使得他幾乎可說是修行者，或者哲學家。

他所處的環境不只是身處在零下三、四十度的酷寒，而是在如此的天候中長期住在親手搭建的簡陋木屋，沒有雙層氣密窗，也沒有維持恆溫的中央空調，同時，他以捕獵野生動物賴以維生，一如人類過往狩獵採集時代的生活。

因此，作者這麼說：「只要有一把好斧頭在手裡、一支槍、一個網子、幾個捕獸器，生活就可以依循古老而率真的方式繼續下去。」他所說的古老，並不是形容詞，而是真實的描述，他的生活是與動物共同分享的世界，以及剝除文明矯飾之後，人類和一切存在事物最原始的互動方式。

我們都市文明人看在眼裡，多少是有些憧憬羨慕的，我知道有許多人渴望在年休假時花大錢旅途勞頓地到荒野去過一段想像中的原始生活。

以色列歷史學家哈拉瑞在所寫的《人類大命運》裡，有一段有趣的例子：

假設有以下兩個三天兩夜的度假體驗假期，你會選擇哪一個？

第一種行程：

第一天，在原始森林徒步旅行十個小時，晚上在河邊開闊的空地搭營生火過夜。

第二天，乘獨木舟順流而下十個小時，在湖邊露營。

第三天，向當地人學習如何在湖裡釣魚，在附近的森林裡採蘑菇。

第二種行程：

第一天，在受到汙染的紡織廠工作十個小時，晚上在狹窄擁擠的公寓過夜。

第二天，在當地百貨公司擔任收銀員十個小時，回到同一棟公寓睡覺。

第三天，向當地人學習如何開立銀行帳戶，填寫貸款表格。

以上第一種行程是石器時代人類的日常生活。第二種行程則是現代庶民大眾的生活日常。那兩個體驗行程，石器時代就是人在真實世界為自己當下的存活而努力，所有的行動只為了當下有食物吃，不會想到一年後，或者三年五年後的生涯發展。

至於行程二，恐怕每個有理智的現代人都不會利用難得的休假日去體驗，因為那種生活不就是自己極力想逃避的嗎？

那麼問題來了，現代人擁有比石器時代的人更多的智慧及求生工具，但是為什麼能日復一日忍受那種我們厭惡的生活？當然，答案可以很簡單，我們「期待」這種活只是「過渡」，我們想像在辛苦三年五年，或許就能脫離這樣的生活。但是我們其實也心知肚明，包括我們在內的絕大多數人，是永遠達不到我們想像中的美好人生。錢或許多賺一些，房子大一點，開的車子也貴一點，但是，還是過著令人窒息的日子，這真的就是我們要的嗎？

在工業化生產的現代世界，純粹的獵人已經是消失的行業，我們再也無法看到活生生的獵物在我們眼前死去。然後我們親自動手剝去皮毛曬乾賣錢，割下他們的肉當作賴以存活的食物。因此作者的經驗也是我們不容易體會的。

倒是想到一個世紀前，任職於美國林務局的阿爾多・李奧帕德假日時跟朋友外出打獵，當他興奮地朝一群在河邊的狼開槍後，衝下去查看他的獵物。

他在開啟往後一系列有關土地倫理的文章中寫道：「我們即時來到老狼身邊，看著她眼中猛烈的綠火逐漸熄滅。在那一刻，且從此之後，我理解到那雙眼睛裡存在某種對我來說是全新的東西——那是只有她和山才懂的東西。」我想，如果我們都能像作者或李奧帕德一樣，願意凝視著自然萬物的雙眼，看進動物的內心，那麼，是不是能療癒當代人虛無茫然空洞的內心？

或許知道這世界上還有許多生命與我們共享這個豐富神奇的地球，應該能安頓我們在近代物質文明興盛後與自然愈來愈疏遠所形成的焦躁不安的精神吧？

當獵人是不容易的，就像開始學習一種新的語言，必須會解讀動物的痕跡，學會解讀足、尾和翅膀留在雪上的記號。有一位擔任追蹤動物足跡的「追蹤師」在教學生時發現：「多數人會錯過眼前發生的百分之九十的事物，他們沒有注意到，沒有印象，因為他們並不生活在當下，而是生活在未來——接著我該怎麼做？再來我要去那裡？我們使自己變成絕緣體，無法看見周遭，無法與之產生關聯。我教導學生要觀察，然後參與，先是身體的，然後是精神的，但這兩者是緊密相連的。」

好的獵人就像宗教大師常提醒我們的，必須活在當下。許多人幾乎不曾活在當下，好好感受周遭的一切，整個心思都是「生活在地方」，總在煩惱過去，擔心未來。在做這件事時想著另一件事，在跟這個人聊天時卻又掛念著下一個約會快到了，即使放假休息時又忍不住想著那些事還沒做。

這或許是現代人工作壓力很大，每天都被時間追著跑，連帶著幾乎連偶爾的空檔或休閒時間也汲汲皇皇，心神不定。因為感覺到時刻未止歇的壓力，因此反映在我們日常生活中，就是時時刻刻看錶，擔心著時間，也因為如此，我們反而更要提醒自己，並且主動，或者刻意地讓自己隨時有「偷得浮生半日閒」的習慣。讓自己靜下來，重新感受周遭的一切，提醒自己「萬物靜觀皆自得」，而且除了人的眼睛，我們還可以透過心靈之眼來觀看。

這種透過心來觀看，來溝通，也是處在科技文明中的現代人失去的能力。書中作者描繪了一段非常感人的故事。有位跟他一樣孤獨的獵人，因為太長時間沒有講話，沒有見到人類，所以花了將近一天時間的長途跋涉去拜訪他的鄰居。結果兩人見了面，一起用晚餐，一起擠在小木屋裡睡覺，第二天早上獵人又花了一天回到他自己的小木屋，兩人自始至終沒有講一句話，作者寫著：「兩個男人坐下，從冒著熱氣的鍋子裡舀出燉煮的食物到自己的盤子裡，然後沈默地吃著。夜慢慢推移，兩個男人安靜地坐著，喝著茶……火燒得劈劈啪響，吊燈也發出單調的嘶嘶聲，整個夜籠罩在靜默之中。」

前些年有位美國的錄音師曾經寫過的一本書《一平方英寸的寂靜》，他踏遍全世界，想尋找到可以完全收不到人為聲音的地方，結果發現非常困難。因為即便遠離人煙的蠻荒曠野，還是不時會有飛機聲，遠處輪船、火車或者各式各樣交通工具所傳來的低頻震動聲。後來他總算在遠離飛機航道的國家公園森林深處，置放一顆小石頭，將這小小的場域，圈護出一平方英吋的寂靜。

或許有人會好奇，為什麼要追求寧靜？我們不是希望透過各種感官來豐富我們的生活嗎？

當然，我們藉由眼睛耳朵來探索世界，但是隨著時代變遷，我們的生活中物質太豐富、聲光娛樂太刺激，都讓我們無法安靜下來，世界雖大，卻無處能夠單獨安靜地面對自我，反而形成與這個世界的疏離。

科技使人疏離人、疏離自然、疏離了自我。不知道有多少人午夜夢迴時會問自己：「電視、行動電話、電動遊戲到底是增加了還是折損了人類經驗的品質？」當我們有了更多的東西，不但沒有豐富自己，反而更加貧窮。這種貧窮是注意力的喪失，是真實生命的消逝。很多人用喧鬧的聲音來逃避寂靜，我想或許是不願真誠地面對自己的生命吧？這些年來，有許多朋友每天會找時間「靜坐」，因為從寧靜中所湧現的平和與覺知，可以使我們的生命

推薦序

走進大北地，成為孤獨的君王

作家 陳德政

時間和地點均已變更，我的住所更接近宇宙中那最令我神往的地方，以及歷史上那最讓我嚮往的時代。

——梭羅《湖濱散記》

約翰海恩斯在一九四七年夏天，第一次走進阿拉斯加那塊「大北地」。往後數十年，他在極北的冰雪地上來來往往，有時重返文明讀書或者教書，有時回到荒野一住十多年。一九六九年他暫別阿拉斯加，同年被封為該州的桂冠詩人，當時，離這本書首度出版還有二十年的時間。

二〇一一年，八十六歲的海恩斯死於阿拉斯加的費爾班克斯，是一場平靜的「阿拉斯加之死」，不像九〇年代的「亞歷山大超級遊民」克里斯多夫那麼悲壯。不過兩人都在凍結的冰層上拾撿過馴鹿骨頭，眺望過溪谷氾濫，聽過森林中幽靈的囈語；都知道自然可以無聲無息收掉一個人，一如陽光帶走樹梢的霜花。

海恩斯初訪北地是在二戰剛結束的時候，前一年，他從服役三年的海軍退伍，二十出頭歲的他，在距費爾班克斯約一百公里處，買了一塊地，那裡可以望見塔那那河。岸邊有一座名為北極（North Pole）的小城，雖然離真正的極點還差兩千多公里，海恩斯——這位阿拉斯加的新地主，買下的是一塊白晝淺短的寒涼之地。

他打算在野外過著自給自足的生活（homesteading），以採集、狩獵和栽種維生。他想重新做人。

海恩斯的父親是一位海軍軍官，配合父親工作的性質，他從小得在州與州之間遷徙著（這種背景與The Doors主唱吉姆莫里森很相似）。是不是居無定所的生活，讓他內心渴望找到一片安頓下來的土地？或者戰時在太平洋軍艦上目擊的傷亡，在體內留下必須排解的PTSD（創傷後壓力症），而走入自然是他自我療癒的方式？

現代人習慣了串流影集精準操作的套路，會下意識在故事中搜尋「前因後果」，閱讀這本書的過程，腦中或許會浮現一些疑惑——他的動機是什麼？他希望藉由這種行為「換回什麼」？然而，海恩斯只是在序言中，寥寥交代了他在阿拉斯加拓荒的簡史，用一種「好吧，還是說明一下好了」的語氣。

至於他的出生、家庭等過往經歷，整本書都輕描淡寫用幾筆帶過，彷彿他的生命是到阿拉斯加以後才值得被書寫。彷彿那片自然存在以來，他就居住在那裡了，他是那片山水中一個常駐的景色。

自然書寫之父梭羅在《湖濱散記》裡說過：「我是一切我所測量過的君主，我在這裡的權利不容質疑。」他在一八四五年跋涉到華爾登湖畔，比海恩斯抵達北境的時間早了一世紀。那一百年間，人類歷經了兩次大戰，以及工業化的強烈洗禮。把自己拋擲到一個偏遠的角落，讓精神豐盛，感受內在的平和，成為許多人的心之所向。

二十世紀中，位在麻薩諸塞州的華爾登湖已經相當熱門了，梭羅的粉絲把那裡當成朝聖景點，絡繹不絕地在湖邊觀望。而從華爾登湖拉一條最長的對角線，橫越整個北美洲，遁世者在阿拉斯加發現了一處新的天堂，他們在極圈周圍開天闢地，替一條溪流或一顆石頭命名，如同造物的君王。

海恩斯在這本書裡附議梭羅的宣言，他寫道：「打造一個屬於我自己的領地。在這裡，我既是唯一的統治者也是唯一的勞動者。」

那是孤獨的最終型態，文明漸漸成為一種回憶，一個人全心全意為生活奉獻。而在生活之前，他得先學會生存，學習像野狼一樣流竄在荒原上的原始智慧、獵殺技巧和有關季節運轉的學問；他要和太陽、空氣、水一起工作，戴上毛氈帽，像一名偵探觀察雪地上的影蹤、辨認冰的時態。野蠻又自在地，在群山的環繞下品嚐根莖的香氣，與濃濃的血腥味。

所有探勘者都會告訴你，「失去人類的心智」原來是這麼簡單的事。我們靈魂底層潛伏著某種獸性，一旦回歸到生命能量流轉的現場，它就會被啟動，既殘酷又溫柔。

在地球漫長的旅程中，時間之箭帶著慣性，射向遙遠的未來，它行經的地域留下了一頁一頁朦朧的、彷彿夢境翻過的歲月——伐木、引火、捕獵。人的身體依然熟悉那些古老的儀式，微不足道的個人史，在獵戶座的暗影下化約成無。因為無我，才能不帶感情地面對死亡，甚至誘發死亡，因為有先祖在營火旁傳遞的知識（你的細胞都記得），才能那麼無情地扭死一隻狐狸，卻又那麼有愛。

自然的律則，亙古不變的秩序，君王也必須向這些道理臣服而且謙卑。而獨處，是對一個人的精神最豐厚的獎賞。

梭羅是超驗主義者，認為人能憑直覺和本能認識真理，用心靈的力量讓生活變得崇高。而海恩斯是個不折不扣的經驗主義者，透過親近自然那座劇場，把自身的五感附著在每一樣堅固有形或柔軟輕透的事物上。在大地的陪伴下，摘下仍在跳動的野獸之心，聽見狼群歌唱，從暮色裡辨別雲層捎來的信號。

當又一個深冬降臨，他感覺世界是如此安穩地存在。有一天當他離開那片領地，走出明亮的春日，小屋旁的青苔與蒼蠅也依然會存在。

這種過日子的方法，那樣寂靜深眠的夜，當代很難再重現了。不單是因為真正的曠野難尋，也是那樣純淨的心思，在網路時代變得更加稀有——海恩斯不是去阿拉斯加打卡，替照片加上「#尋找自己」的觀光客，他不是去換回任何東西。生活本身就是回報。

海恩斯是散文家也是詩人，文字帶有詩的質地，他其實也會畫畫，畫筆沾著淡雅的色彩，一筆一筆描繪出自然中那種綿長的，踏實的生活感。讀者在他的作品中沉思，同樣也體會到了安靜美好的狀態：

有個男人在大雪冰封裡過冬，在明燦的星空下度夏，帶著他的狗群、前妻的身影、捨不得喝完的威士忌和幾個圈套。餓了就出門獵捕，冷了把柴薪點燃，一日勞動後他會好好睡一場覺，在那裡，沒有人會打擾他。

目次

序

編年史這種文體，本來就不太能稱心地傳達一個人生命裡所發生的事，而我現在面臨的狀況更是如此。我在大北地生活的時光，前後加起來大約二十五年，而第一次在理查森（Richardson）定居下來的時間是一九四七年夏天，距離現在已經四十二年了。雖然當時只住到隔年的八月底，但後來從一九五四年到一九六〇年代後期，我又回到北地，那是住得最久、也最活躍的一段時期，幾乎快超過十二年的時間；另外，過去八年間我又回到理查森居住，雖然中間離開了好長一段時間，但也可以加上一筆。所以副標題所謂的「二十五年」，確切來說是多次來來去去加起來的總和。

書本裡這些內容，也是離開了好長一段日子之後才寫下的，寫作的地方大多都在別處：加州、西雅圖、蒙大拿、還有英國北邊。為了重溫記述中的部分情節，感覺好像穿越許多不同的歷史階段、地理年代，還有心靈狀態，最後總是回到一個源頭：一個既具體又如空想般的境域。這本書雖然提到許多事，但也許，最主要的還是關於時間——一個人對時間的感受，還有在這段時間內發生的一些事。並不能用一般曆法累計的方式、用「二十五年期間」來恰當的描述，這趟在時間裡進進出出穿梭的旅程。因為在描寫時，既沒有過程、也沒有終點，所有事件早就已經為人所知、而所有地方也在很早以前就已經去過了。

在閱讀一些段落或篇章時，讀者會察覺到其中許多事件都有一種夢境的特質。我想，從以前就常常感覺一些特別的事件，似乎存在在古老部落所謂的「夢幻時刻」中。有時敘事來到某個特定的片段，我會說，那些事情「要追溯到很久、很久以前……」，而這不僅僅只是一種修辭用語，因為那些在荒野裡的日子、與雪橇犬一起在雪地、草原上跋涉、漫長的狩獵、宰殺動物，還有其他許多點點滴滴，都屬於這個地球上所有人類內心、最底層經驗的一部分。那能量可能會轉換成不同的形式、在不同領域或活動中展現，但那核心卻實實在在、始終不變。

事實上，一些特定的經歷、心智狀態，還有生活方式，是無法光憑意念就能回復的。因為一旦離棄了，當時我們一起與動物們、與在那裡存在的一切，以直覺與世界建立起的關係，那力量就很難再回復。即便我們再回到野地裡觀察、研究，無論做得多精確詳盡，依然無可替代。因為「經驗」永遠無法簡化成抽象概念、公式或說明，它遠遠超過這些，它聞過血的味道、聞過被宰殺的肉的腥臭。那其中，結合了不同成分的恐懼、危險和喜悅。況且，過去那些種種之所以被稱為「經驗」，不容易被忘記，就是因為在當中，必須面對一些很艱難、很少有人能承受的狀況，而你都必須臣服、放下。然而，在短暫與自然相遇產生的光與熱之中、在那些因愛而產生的行動、還有（畢竟我們談的是關於這本書）在我回想和複述這些簡單的小故事之中，過去種種經驗的一些重要片刻，也許可以再度被喚醒。一個人生命的活力，需要仰賴這些過往經驗，如果沒有了它們，就不會有藝術、無法定義靈性，也無法與這世界建立真實的關係。

約翰・海恩斯　一九八九年二月

雪

對於一個住在雪地裡，每天盯著它看的人來說，雪是一本值得細讀的書。每當風一吹起，書本就翻了頁，書裡的角色不斷轉換著，而由它們構成的景像也跟著改變了意義。但使用的語言一直不曾變過，那是一種影子語言，由逝去的事物和即將來臨的事物訴說著故事。雖然我過去不曾在這兒，在接下來無數個冬日也不會來到這裡閱讀它，但同樣的內容在那兒已經被書寫了數千年；那些看似雜亂無章的道路、小徑、空地、足跡、雪中堅硬的小圓球，它們都是有意義的：那可能記錄了一些黑暗的事蹟、一些關於外來生命個體的訊息，記錄著它們的離散、遠行，記錄了恐懼，與死亡。一隻地鼠或田鼠小小的腳印在雪地上劃出一道短而模糊的痕跡，然後在這裡鑽進一個洞。接著看見一隻雪貂的足跡同樣也來到這裡，牠嗅著、搜尋著，最後也鑽進那個洞的白色影子裡。

一個春天的早晨，我隨著一隻狼獾大跨步、內八字的足跡爬上一個小丘，走了將近兩哩路，直到牠下到另一個流域才停止追蹤。本來只是想看看牠到底要去哪兒、會做些什麼，但牠似乎只是不停往前走著，顯然是要前往某個地方；這一路，除了雪面上那堅定而確信的步伐，還有映入眼裡強烈的陽光外，我什麼收穫都沒有。

我走著，吹雪橫掃過眼前的道路，形成許多不明顯、看似小徑的蹤跡，它們不斷往前延伸，看起來就像是有人從這裡被驅趕著離開，是那些雪族的人們吧，他們去了哪裡？一定是有危險窮兇惡極得追趕著，才迫使他們落荒而逃，跌倒了、被強風推了一把，然後再站起來繼續趕路。

一月底的一個早晨，我從雷德蒙溪（Redmond Creek）走路回家，在兩條河流的交界處，撞見三匹狼與一隻麋鹿的搏鬥場景，整個故事清晰地寫在我腳下的雪地上：狼群從西面的薩爾查河（Salcha River）沿著一條舊山徑而來，在我走著的這條枝繁葉茂的道路開闊處，發現正在覓食的麋鹿。

搏鬥的痕跡仍然鮮明，應該是前一天晚上才剛剛發生。大塊雪混雜著凍結的青苔整個被剷起、折斷的樹枝散落一地，而這裡那裡，都殘留著麋鹿的鬃毛；被蹂躪的殘雪上留著混亂的痕跡——包括麋鹿沉重而受傷的足印，以及狼群大而毛茸茸的肉墊和噴張的爪印。

我繼續前行，觀察著雪跡，這隻麋鹿身軀龐大且單獨行動，顯然是隻公鹿。在某處，牠讓自己退到一個低窪、布滿懸垂植物的岸邊以保護自己的背部，狼群稍稍遠離牠——畢竟麋鹿的腿是很危險的。然後，一個轉身麋鹿開始奔逃，大約跑了五十碼左右又開始纏鬥，就這樣，在這地形崎嶇多變的區域中，不斷上演奔跑、纏鬥戲碼，延續了將近半哩的距離。當南方初升的朝陽將紅色的晨光橫洒在山頭上，情勢開始逆轉而顯得不確定，狼群圍成一個圓，緩慢的往外退到灌木叢中，然後再度收緊包圍：另一撮麋鹿的鬃毛散落在剷起的雪塊中。

我好像認識這幾匹狼。在那個冬天，我曾經有好幾次看見過牠們的足跡，甚至有一次牠們從我設的陷阱中奪走了一隻貂；我猜牠們是由一隻母狼和兩隻快要成年的幼狼組成，如果我是對的，那麼這隻母狼應該是在教導幼狼如何打獵，而這雪地中一切的騷動，都是一場為了求生而展開的嚴肅獵殺遊戲。但那天早晨我並沒有看見任何血跡，而且麋鹿在這場戰鬥中似乎佔了上風，最後牠一躍跳入赤楊林中。我看見牠的足跡，移動得更緩慢了，翻過一個低矮的鞍部之後，漸漸消失在北邊淺而平整的雪地裡，而三匹狼則往東邊的班納溪（Banner Creek）跑去。

那些曾經沉默不語、未被寫下、或消失的書頁，現在都清楚鮮明地向我訴說著內容，就好像我曾在現場親眼見證一切的發生。我想像曾經有過這麼一個人，在這個地球上以一個最蒼涼孤冷的學者身分活著，他在雪地裡追蹤任何線索，所到之處都記錄在書頁中，寫成了一本雪地歷史、冬日之書，一個流傳千年的文本，被這些山嶺間打獵的人閱讀著。到底誰曾經來過這裡、誰又離開了呢？他們叫什麼名字？什麼被他們獵殺、吃下了？又有什麼被留存了下來？

圈套和陷阱

關於陷阱和圈套，有自古傳承下來的知識。許多舊手帳裡都寫滿了各種關於誘餌、陷阱設置和技巧的論述。對於一個著迷於森林生活的人來說，這個主題本身就很有魅力，而且這樣的知識是必要而有益的。那是一種代代相傳、實用、歷經時間考驗匯集而成的知識，即使有一天世界讓我們失望、市場崩潰、交通停滯，只要有一把好斧頭在手裡、一支槍、一個網子、幾個捕獸器，生活就可以依循古老而率真的方式繼續下去。

沒有鋼製捕獸器，或那些商店裡銷售的工具，我們仍然能夠自製陷阱。早期金屬還很稀有且昂貴時，人們還是可以自製陷阱，從木材到石頭、任何在當地可以取得的材料都能利用。而棄置陷阱之後，這些在地的材料很快就腐爛、回歸到土壤，並且被雪覆蓋。就算沒有鋼纜和銅線，一樣也可以製作圈套；在本世紀末，當白人第一次來到這塊土地時，發現印第安人以圈套捕捉貂、兔等小型動物，這些圈套是由動物的筋、或從沿海交易得到的大型比目魚皮捻成的線繩製成。

這種森林中傳承下來、樸實的生活語彙，無法掩飾大自然原有的嚴酷。那些所謂有思想的人也遲早會認為這些都是野蠻的作為，目的只是純粹的謀殺：鋼製顎夾、金屬線圈，勒緊、重擊、切割、撕扯，將生皮毛從那些冰冷的屍體、死掉的野獸身上扒下，最終的目的，不過是為了出賣這些毛皮、讓某些人大撈一筆、並過度裝扮自己。

但經歷這所有的艱難和殘酷是為了獲得知識，一種必要的知識。得到它唯一的途徑，就是熟悉你獵捕到的動物：血液、筋腱、內臟、關節，與肌肉的結構、骨骼的形態，所有關於耳、鼻、唇、齒，稜稜角角、或圓或方的知識；在撕扯、剝下毛皮的時候，手中帶著一份熱切和自信，好像那隻動物身體的各個連結之處、隱藏在表面下的所有部位都能瞭若指掌。然而，無論再怎麼親近、熟稔，總是有一些隱晦不可知的事，畢竟動物的生命總是異於我們、超越人類的想像，不可能完全屈於人們認知的樣貌。

關於這一切有太多說法，可以從不同的觀點切入探討，然而，態度始終是一個重要且影響一切的因素。在追逐買賣的那些人當中，特別是當他們心裡只想著金錢的時候，常常可以看見粗劣的手段。然而，對一些幸運的人來說，除了享受野地裡季節變換而有的不同消遣外，他們還能體會到一些更深刻的吸引力。那是一種生命最全然的展現：飄忽不定、嚴酷，且讓人充滿期待；荒野全然敞開。所有進到這裡、聲稱回到自己故鄉的人都能感到自在滿足，好像這片土地只屬於他自己一個人。他可以前往任何想去的地方，跟隨自己追蹤的足跡，穿過雲杉低地、跨越蒼白乾枯的樺木林小丘，沿著雪地裡蔓延的山徑前行，然後夜幕降臨時，在自己舒適的營地停歇。

那樣的生活絕對談不上容易，而且常常附贈一些艱辛的禮物：不定期的淡季或壞運氣、狩獵的錯失、疲憊和失望；連續好幾天獨自一人守在冰天雪地中看著時間流逝，唯一感到有意義的是那份滿足個人需求的一線希望。而所謂的個人需要，就是我們可以完全自己做選擇。

超過二十年間，我定期會在阿拉斯加內陸設置陷阱，那是一個古老而執著的夢，而這個夢又被一些磨損的舊書內容餵養著：獨自一人和我的狗群生活在雪地裡，維護各種陷阱和圈套。所有眼前的蹤跡和那些我追逐的動物們的生命都是一個秘密，永遠與我保持著距離。

這就是我在費爾班克斯（Fairbanks）東邊、塔那那河（Tanana River）上游險峻山嶺上的理查森（Richardson）生活的一部分。那實在是一種不尋常的工作，雖然有的時候會為我們的生活帶來一筆小額的收入，但從某些方面來說，對陷阱捕獸人而言當時實在不是一個幸運的時機。毛皮的價格不但低廉，而且其中有好幾年，這個區域裡都沒有什麼獸皮收穫。

我在理查森度過的第一個冬天，是在二十幾歲的時候，當時對北地生活完全無知。十一月的某天下午，我與一位年長鄰居佛瑞德．埃里森出門去設置捕捉野兔的陷阱。埃里森是這裡日漸稀少、存留下來的早期移民，他在北地做過採礦工、卡車司機、郵車司機、陷阱捕獸人、油井工人，度過四十多年艱辛的日子。現在，他在兩哩外理查森附近的公路旅店經營一間酒吧。從吧臺後方，他用那隻視力完好的眼睛好奇的打量我。這個安靜、充滿不確定的都市青年，到底為什麼來到這片新天地？幫忙他一些日常雜務之後，我們開始偶爾會碰面聊天，告訴我一些他瞭解、而且認為我也應該學習的事；而現在，他正準備親自為我示範如何設置陷阱，並堅信不這麼做的話，我也許永遠都學不會。他年輕的時候在加拿大東部生活，知道在物資缺乏的時候，如何仰賴野兔和松雞過活。將近七十歲的他，踩著一跛一跛緩慢的步伐前進。我想此刻他應該很開心，在這幾年行動不便的日子裡，終於可以脫離那些逐漸馴服自己的日常瑣事。不用再為廚房爐灶添煤、為過往車輛加油，或是在酒吧等待那些難得上門的客人。

往山下河流的方向，我們走進旅店下方的森林裡。那是一個乾燥的秋日，天色漸漸暗了，地上開始結冰，幾吋大的顆粒狀雪塊壓彎了小草，在青苔上積了薄薄的一層。那年冬天有很多野兔，牠們的足跡穿越整個柳樹和樺木林，相鄰的路徑縱橫交錯，是一個不熟悉狩獵的人會完全失去方向的迷宮。

我們在森林裡遊走，埃里森一邊喃喃向自己發誓、一邊又像是在對我說著關於野兔陷阱的秘密。終於，他選定了一個地點，在柳樹林中的一個空地，可以看見野兔的足跡被四周的灌木叢包圍著。我站在一旁盯著他看，他在附近找到一棵枯死的柳樹，截了一段約三呎長的枝幹，將它們剝成一條條細枝，「應該要用完全乾燥而不是帶有綠色的，」他用那分不清是蘇格蘭還是加拿大東岸新蘇格蘭的腔調說：「因為，要知道，你的兔子可能會停下來嚼這些綠色的小枝而不會進到陷阱裡。」

我們隨身帶著一些細銅線，埃里森取了一小段，在一端打了一個直徑約三吋的活圈套，另一端綁在一個小枝的中央，紮緊；然後他在野兔路徑旁的雪地中跪下來，盡量不要破壞現場，將小樹枝插入灌木叢、牢牢地架在路徑上方，讓圈套懸垂下來距離地面僅幾吋高，他簡單地吐出幾個字，解釋現在正在做的事：「你看……」他把其他乾樹枝排在圈套周圍，包括兩旁和上方，然後將兩根較小的枝條塞在活圈下方，最後終於站起身，滿意地吐一口氣；我們兩個站在那裡，一起看著這個圈套。

現在，要通過那個開口的話，只有一條路可以走，而夜晚當兔子來到這裡時，會發現牠的通道被擋住，很有可能牠並不會往回走，而是探頭穿過圈套，試著繼續前進，然後就這樣被套住、勒斃、在短時間內凍僵，因此天氣愈冷愈好；但你還是必須注意製作的方式，繩圈要夠短，讓野兔被套住之後無法轉身咬斷銅線，偶爾總會有隻兔子踏進一個不是很牢靠的圈套，最後咬斷銅線脫逃。

很快地，整個製作過程完成了。在雪地裡，站在埃里森身邊，他那彎曲的紅色鷹鉤鼻滴著鼻水，而圍繞在我們周圍寒冷、灰色的黃昏變得更昏暗，「等著瞧吧！男孩，」他說，對剛完成的圈套顯得很滿意，「明天早上再回來時，你就會發現一隻兔子！」

那天下午我們設置了四、五個圈套，全都是在一些野兔蹤跡很明顯的小空地上，當我們終於走出森林回到旅店吃晚餐的時候，天色已經很暗了。第二天我再回到森林時，果然，發現兩隻野兔凍死在圈套中。牠們被繩圈纏繞、四肢離地且扭曲地掛在折斷的樹叢中，眼珠已經結成冰。

從那時起，每當為了我自己或我的狗，想要抓一隻野兔來吃，我都會走進森林去設置幾個圈套，但都不如第一次那樣容易。當野兔數量很多的時候，圈套不需要做得太精巧都可以輕易捕獲，但是當數量變得稀少，野兔似乎也顯得更謹慎膽怯，牠們會在圈套前停下然後往回走，或是找到其他路徑繞過圈套，而不是直接穿越；族群龐大的時候似乎讓牠們變得粗心大意，又或許是因為在黑夜裡忙著追逐彼此而沒注意到線圈。

那時附近有隻狐狸。有時在黃昏時分，我們可以從旅店裡看見牠從河谷上來，要到樺木林裡去獵捕野兔。有天傍晚，當我要下去確認陷阱時，在山徑上遇見了那隻狐狸，我看見牠穿過樹林後面那片開闊平野往這裡來。牠那深紅色的身影熟練而警覺地穿梭在覆雪的草叢間，我停下腳步在原地靜止不動，半身藏在樹叢間。狐狸沒看見我，往我這裡小跑步而來，直到距離五呎遠才聞到我的氣味，牠在積雪的小徑上伏下身，拿不定主意；突然，牠那黃色的大眼睛掃射到我的身影，立刻轉身逃走。

幾個星期後，我用陷阱抓到了那隻狐狸，那是我第一次的嘗試；我遵循埃里森的建議，用一塊新鮮的兔肉當作誘餌，上面鋪一張薄薄的紙蓋住。我小心地將陷阱設置在一棵巨大的雲杉底部，靠近這隻狐狸常常狩獵的場域，線圈的另一端綁在一段用來固定的枯木樁上，用雪掩蓋好，另外在陷阱的周圍撒上新鮮的雪以掩飾我的足跡，就這樣將圈套留在那裡數天。在一個陽光普照、溫暖的下午我回來查看，發現狐狸的後腿緊緊地被圈套套牢，牠並沒有逃得很遠，因為線圈在灌木叢中纏成一團。牠在其中掙扎著，試著想脫逃，那隻被套住的腿已經破皮而且流著血，牠的眼裡帶著困惑和受傷的神情。

接下來要做什麼？埃里森告訴過我要怎麼殺牠，不能用槍射擊，因為會在皮毛上留下一個彈孔而減低了它的價值。最好的辦法就是在鼻樑上猛烈一擊把牠打昏，在失去意識的時候抓起牠、扭斷脖子。埃里森都有教過我怎麼做，但我仍然抱著遲疑的態度而且有些害怕，但我決心要學習。

我在周圍的柳樹林裡找到一支堅實的乾樹枝，狐狸退進樹叢裡，安靜的盯著我看。我盡量靠到最近的距離，伸出樹枝，用力敲在我認為正確的位置上。出乎意料地，但正如同埃里森所說，狐狸身體立刻變得僵硬且暈過去。

但牠不會維持那樣太久，我在雪地裡很快地跪下來，抓住昏迷的狐狸的前腳，把牠拉到我的腿上。一隻手讓牠固定在我的腿上，另一隻手緊緊抓著牠的鼻樑，用力扭轉牠的頭到最極限的角度，直到我聽見頸椎斷裂的聲音，鼻孔湧出大量的血，一陣顫抖穿過那纖細、毛茸茸的身軀，最後靜止不動。

放下牠後，我站了起來。我站在那兒，低頭看著雪地上那髒兮兮、癱軟的形體，為自己剛才所做的事感到害怕，而這正是除去所有浪漫想像後、用陷阱獵捕的原始樣貌：一種騙局、為飢渴設下的圈套。但我克服了自己的恐懼，覺得從當中獲得了一些什麼。

那年冬天剩下的日子裡，我只有偶爾才會去設置陷阱，大部分時間都在整修我的小屋、縫補衣物和閱讀一些我帶來的書。我常常花好幾個小時去拜訪那些和我變得親近的年老居民，聽他們訴說關於日常和工作的故事。當春天來臨，山上降下了厚重的雪，我會穿著我的雪靴出門，往荒野漫遊到遠方。寫下關於我四周這些山林更多、更深刻的故事，而這也成為我生活的基盤。

在度過了清理和整建房舍的夏天後，同年秋天我離開了理查森。有一段時間，我回到了文明世界，與人群、書本、學校為伍——另一種叢林，有屬於它自己的陷阱和騙術。某年的五月上旬，我與年輕妻子又回到這裡，決心盡我所能去過鄉村的農莊生活。當時我三十歲，重新找到了自己的世界，房子、庭院和荒野，都和我離開的時候差不多。埃里森已經搬走了，到華盛頓州過著退休生活，而那間公路旅店也有了新的主人。我不在的這段時間，通往費爾班克斯的道路已經被修直並鋪了柏油，沿路也多了許多從城鎮上搬出來的新居民，然而塔那那河和往南北延伸的荒野依然沒變，仍然未被開發、寧靜且杳無人煙。

那時是住在山林裡最好的時機，剛好遇上北方最豐盛的一段時期，野兔都長得非常肥滿，而且在繁殖的尖峰。感覺森林裡其他一切都即將蓬勃發展起來，無論走到哪裡，山丘上或沼澤低地，我們都會遇上山貓。有些體形很大、有些較小，還有母貓帶著小貓，那蓬勃繁盛的狀況真的讓人感到吃驚。野兔會從你腳邊跳躍奔走而過。而那些灰褐色、體形巨大的山貓，溫馴的像虎斑家貓。牠們不慌不忙地穿越山徑或那些開闊的空地，或是在傍晚時分坐在路邊眨著眼睛，看起來像是對豐盛的食物資源感到驚訝。那個冬天，佛萊德．坎貝爾（Fred Campbell）——理查森最資深的狩獵人之一，用陷阱抓到了五十隻山貓，而塔那那河對岸的漢斯塞帕拉（Hans Seppala）也用陷阱捕到了四十五到五十隻。從同一個地區捕捉了這麼多供應皮毛的動物，感覺數量有點太龐大，但坎貝爾辯稱，在一年之內，這些大貓就會消失，當野兔都死去之後，牠們會因為飢餓而互相殘殺。

兩年後，這一帶幾乎沒有剩下任何山貓，野兔也很難得見到。當我又重新開始架設陷阱，決心讓獵捕成為我日常生活的一部分時，剛好遇上十年來最匱乏的時期，饑荒籠罩著山林。當秋天的雪降臨的時候，山裡幾乎看不到任何動物，除了一些松鼠的足跡，或偶爾出沒、捕捉貂或鼠類的狐狸，有一陣子連麋鹿都很難見到，感覺牠們也被這大飢荒驅逐到更偏遠的地區去了。

大部分的時間我都是獨自一人，婚姻與荒野生活之間已經走到一個決裂的時刻，剩下的只有我自己、四隻狗、一對雪橇、鞍具和雪鞋、一些書還有對鄉村生活的熱情。我開始盡可能地去學習，為一段長久的山林生活做準備。

有段時間，我將陷阱設置在塔那那河沿岸和理查森與坦德福（Tenderfoot）附近的舊道路上，距離都在離家不遠的幾哩路內。我徒步搜尋卻少有收穫，只能茫然地凝視雪地。然而我還是不斷地學習著，我懂得如何辨識動物留下的記號，可以區分牠們的腳、尾巴或是翅膀留下的雪印，那不可思議的感覺，就像是類人猿正要開始發展一種新的語言，每一個細節或重點都有它特別的意義，一步一步引導著我進入一個似乎原本就熟悉、但已遺忘的世界，被那些來自過去、一知半解的模糊影像追趕糾纏著。經歷這樣的孤獨、並與所有伴隨我成長的一切分離的過程，我似乎找到了自己的道路，不知為何我非常確信自己來到一個對的地方，正執行著正確的任務。

偶爾我會抓到一隻雪貂或狐狸，有一次，在河岸附近山徑上的圈套，甚至捕到一隻大山貓；我以為可以像從前一樣輕輕鬆鬆捕捉到許多兔子，所以每當我發現一些清楚的足跡，就會在那裡設下陷阱，然而事實證明這個地區已經非常缺乏供應獸皮的動物，無論投入多少時間和精力都無法改變，我明白自己必須走得更遠，找到另一個遠離這條河和公路的獵區。

每年有兩個季節，我會將陷阱搭建起來，通常是秋季或春季；在有空檔或日照較長的日子，我甚至會有系統的建立自己的獵徑，並在那些只有我知道的野地獵區紮營。例如理查森西北邊的溪流窪地或雲杉林山地，那裡屬於雷德蒙溪流域，從班納山（Banner）分水嶺一路往西延伸，那一帶的地勢比起我家這裡較高且潮溼，有寬闊而高聳的班納穹丘（Banner Dome）盤踞著。那是一個光禿禿而且風勢強勁的山頭，從上面可以俯瞰薩爾查河引水渠道，往北甚至可以遠眺育空（Yukon）。這個區域在掏金熱盛行的時候開闢了過多的山徑和車道，只要我沿著其中任何一條路走，沒多久一定會看見一個頹圮的小木屋，或殘留部分圍欄的探礦坑。草叢間還立著已腐爛的梯子，彷彿隨時要派上用場。在那個繁忙而充滿破壞性的年代，這個區域大部分不是被焚毀、就是被過度狩獵或過多陷阱誘捕，從那之後，這一帶的動物族群從來都沒有再繁盛過。無論是為了休閒或是獲取動物毛皮來狩獵，都不會有什麼收穫；但現在已經有麋鹿群在裡面，牠們不太受獵人的干擾，而山脊上也常常會出現一些貂，沿著溪流低地的柳樹叢間，偶爾也會有山貓徘徊。

我穿上雪鞋，用自己的雙腳來勘查這整個區域，披荊斬棘、規劃建造，慢慢為自己打造一個屬於我自己的領地。在這裡，我既是唯一的統治者也是唯一的勞動者。當我完成這一切、或盡可能憑著森林裡有限的資源做完所有能做的工作時，我敢說，自己總共開闢了約三十哩的路徑。它們分別向北、東、西邊沿著山脊或台地延伸，其中有許多道路都非常寬敞筆直，足以讓雪橇和整隊雪橇犬穿越；另外還有一些我隨意開闢出來的步道小徑，只是為了方便我前往一些需要去的地方。開闢這些道路讓我投入了很多精力，而讓我感到驕傲的是，其中有許多到現在仍然存在，紮實而穩固。開闢一條穿越森林的路徑通常都有特別的目的，如果我認為它很重要的話，就更值得花時間把它修整得好一點。當預計眼前這條穿越樺木林的道路將通往下一個高地時，我就會回頭確認一下沿路是否都清理乾淨，坡度是否可以讓我輕鬆爬升。

無論是日常利用或季節性探訪，這些山徑基本上已經成為鄉野生活的一部分，甚至可說是自家庭院的延伸，它們的存在就如同葉子落地般自然；當我長途跋涉到遠方時，總會來到同一個定點休息，從那裡眺望山頭或查看麋鹿的蹤跡；另外還有一些山徑可以通往我喜愛的開闊地、到達撿拾柴火的地方、或前往採集藍莓和蔓越莓的灌木叢；路徑沿途所遇到的一切都是有用途的——一個乾燥的枯枝可以用來引火、一棵死掉的樺木可以剝取整片筆直的樹皮、白楊木林裡鋪滿落葉的地面，在夏末可以採收香菇。過不了多久，每一條山徑上曾經發生過的殺戮或讓人印象深刻的事件都慢慢形成它們各自的傳說——夏季稍早的時候這裡曾有一隻熊來覓食，而去年秋天在那裡有隻公麋鹿用角把雲杉小苗的嫩枝都折斷了。另外，在許多樹木上我都設置了儲藏所，將許多將來可能需要用的物品、固定帳篷的營釘、採莓果的籃子等存放在裡面；在小溪交會處或水潭邊，我會將錫罐口朝下放置在樹叢裡，以便在炎熱的夏季可以當作喝水的杯子。過了幾季之後，整個山區都被我踏遍了，即便是那些分布數英哩廣的樺木林高地、赤楊灌木叢及黑雲杉低窪地，都變得像自家鄰里一樣熟悉。這些小徑在一些地方變得很難行走，有些是因為潮溼的地面布滿夏季解凍的青苔讓人舉步艱難，有些山路既陡峭又漫長。但這些都是我自己開闢出來的，花了整整三年美好的時光投注勞力在其中，而到目前為止，沒有任何我曾經知道、或做過的事情比這更令我滿意的了；現在當我看著地圖，心裡都會有一種確信感，知道自己到底身處在北美的哪一個偏遠角落。

在整個區域裡，我沒有任何競爭者，即便頭幾年有人在四處都佈下了陷阱，但理查森附近也只剩下兩個年老、敬業而且孤獨的獵人。其中，塞帕拉總是待在塔那那河對岸、地勢平坦的清水郡區（Clearwater country），他已經在那度過了三十年。連結他與這個世界的，只有一艘在夏季使用的渡船，以及冬季出行的雪橇犬隊。佛瑞德．坎貝爾擁有理查森東北邊的山嶺地，但他設置陷阱的日子已經結束了，山貓大豐收的那年是他最後一次狩獵，已在他記憶中留下一絲慰藉；當他在一九五〇年代末的某個晚秋時節去世的時候，我曾想過接收他那些老舊的陷阱圈套成為我的工具，我們曾談過這個問題一、兩次，並刻意回避了那令他感到痛苦的事實：他已經沒有多長時日可以保存這些工具了。然而當時他希望可以換取一些錢，我卻一毛也付不起；但話說回來，那時他剩下的已不多。包括兩個快要坍塌的小木屋、一些破舊的圈套和幾條總長達四、五十哩的山徑，他花了將近四十年的歲月維持整頓著它們。那些山徑從七葉樹穹丘（Buckeye Dome）後方往北延伸直到薩爾河排水渠上的麥考伊溪（McCoy Creek）一帶，那是獵捕雪貂的區域，非常偏遠而且完全沒有其他設陷阱的獵人居住在那裡。然而這些山徑的路程遠遠超過我想跋涉的距離，而且當時我也很沉浸在自己的領域裡，覺得自己所擁有的已經足夠。

如果我想要在自己的領域做最大範圍的拓展，我有兩個選擇：第一是建造一些小木屋，也就是在適當的距離內設立一些固定的據點，雖然每建一個木屋都將佔用我在夏季各種工作的部分時間。另一個選擇就是挑戰酷寒、露天紮營，無論是用帆布搭起傾斜的天幕或架起小帳篷，通常都不會面臨太大的困難，只有當氣溫低於零下三、四十度的時候才會有些風險。如果沒什麼意外的話，這倒是一種讓人可以更堅強地面對生活考驗、更親近並深入荒野的一種方式。但是當我經歷幾次酷寒中紮營、住在八乘十呎的破舊營帳中、僅靠著一個薄鐵皮火爐取暖的經驗後，這種當地人稱為「錫沃斯」（siwashing）的阿拉斯加原住民式的露宿體驗，還是讓我死了心。決定建造小木屋，除了住得舒服之外，也給自己一種長居久住的安定感。

在路途中我重建了兩間古老、不再被使用的木屋，那是許多年前住在這一帶的居民建造的。其中一個是方正的小茅草房，地面是泥土地、屋頂覆蓋著草，建造在坦德福溪口附近一個低矮的陡崖上，距離農莊約六哩的上游地。雖然它的格局實在很小，並不比一個臨時營帳大多少，但將近三、四年期間，它對我的幫助很大，既可以當做釣魚的營地，也是外出架設陷阱狩獵時的休憩所。另一個小木屋位於艾薩克森平原（Issacson Flat），大約在班納河上游幾哩處，當我發現它時，它已經傾斜、幾乎頹圮，而且從家裡出發要翻越一個長陡坡的山嶺才能到達。我將這兩間木屋整修好，並且在裡面各自增添了一些傢俱，包括一張床、爐子、一些水壺和盤子。另外隨時準備好一兩堆乾木柴，以便在忙碌一整天後，抵達小屋時有柴可以燒火。但我只有偶爾才真正會住在這兩間小木屋裡，而且小屋附近的區域其實不太適合設陷阱獵捕。

然後，在某個多雨的秋季，我和第二任妻子建造了一間小而溫馨的木屋，位在班納溪的其中一條支流旁的溼潤台地上，位於農莊北邊好幾哩的距離。為了建造那間屋子，我們辛苦工作了三個月，雨水漸漸轉為雪，而屋頂都還來不及搭建，砍下的樹幹上的樹皮就已經結凍；但非常值得，這間包括四間狗屋和肉類儲藏架的小木屋地點很好。面對一片草原、擁有很美的視野，而它所在的區域也很好，溪邊常可看見麋鹿。山上也常有貂出沒，小屋後方高聳的穹嶺總是遠遠的在風中發出聲響。

通常一些最好的事物會以一種奇怪的方式完成，而在外在的世界具體實現之前，這個過程早就在我們內在開始發生了；就像我開拓了許多通往山嶺和低窪地的山徑，它們同時也在我的內在世界延展。我透過研究腳下所有的事物、閱讀、思考而形成一種探索的習慣：探索我自己和這片土地。遲早，兩者將合而為一。而漸漸地，我感受到要瞭解事物的本質通常只要把握最初的階段。因此，我發現自己開始產生一股熱切而堅定的期望——希望永遠拋下我的思慮和那些思慮帶來的所有煩惱，只留下最原初的渴望，讓它引導我去探索。以自己的雙腳、頭也不回地走上一條山徑。踩著雪鞋或是乘著雪橇，走進夏天的山嶺，或隨之而來凍結的影子——只留下雪地裡生火的痕跡或足印，顯示我曾經來到過這裡。然後讓這世上的人們發現我，如果他們可以。

在一個寧靜的秋日下午，我短暫地停留在一間小草屋休息一會兒，從一個開闊的高坡上往北眺望，看著另一群山嶺——山的背後有些什麼呢？而那座曾聽人說起、位於遠方高聳的巨岩孤山「布特」（The Butte）又是長什麼樣子呢？我研究著自己最喜愛的一張地圖，除了畫出許多著名的山嶺、水域和路徑外，還有標示著海拔高度的等高線，那些地圖上讀到的名字向我訴說著：馴鹿、深河、枯木、水晶山（Monte Cristo）；每一個名字、每一條溪流、每個樹木繁茂的高地都互相聯結牽動著。如果我任憑自己的想像繼續延伸下去，可能會這麼一路往北到達育空，也許我會行走一整天然後紮營，然後再繼續這樣重覆下去，直到我走到那條大河所在之處，或到達任何我想去的地方。

或著，再一次，我可以輕鬆地轉向南方。記得有一年秋天，我們興奮且堅定地相信自己應該跨越塔那那河，前往阿拉斯加山脈的山腳地帶，去建立另一個狩獵領地，這幾年已經沒有人在那附近設陷阱或打獵了——想想看我們有多靠近那些高地啊。每到秋天就會看見那一帶出現了雪線，感覺就像眺望某個遙不可及的西藏高嶺。那邊有馴鹿、灰熊、還有許多未知的事物，實在是個值得探訪漫遊的美好地域。

這些都是廣闊無邊但無法實現的夢，雖然我可以想像出所有的細節——可以搭建出什麼樣的營地、開闢什麼樣的山徑，還有早秋狩獵時節，在林線地帶會有什麼樣的成果；但對我來說，最終還是要臣服於種種限制，家裡的各種事務仍然要我去承擔——而那些書本和我思想裡的世界、那些讓我從打獵、陷阱這些眼前事務開始馳騁到遠方的想像，最終還是必須回到它們的領土，而我待在原處，盡力做我能做的事。

在狩獵的年份裡有固定的例行工作，每個日期和月份都各自填滿所有要做的事。在這極北之地，夏天總是過得很快，每天圍繞在種菜、採莓果、釣魚、伐木的工作中——在大幅延長的白晝中永無止盡的切、拖、堆疊著。而八月底的時候，黑夜漸漸回來了，在清晨甚至可以看見閃閃發光的霜，秋天帶來了寒冷和豐富的色彩，同時也帶著急迫性，必須趕快挖出田地裡的馬鈴薯、採收菜園和溫室裡的作物。河道漸漸變窄了，水也漸漸清澈、不再有淤泥，渦流上常可見到冰塊漂浮打轉，漁獵結束，網子晾乾後收了起來，船隻從河裡拖出來，安放在沙洲上過冬；如果幸運的話，當打獵季結束時，肉架上可以掛上一隻麋鹿。最後一群野雁從頭頂飛過，遠遠傳來鳴叫聲，而森林變得一片寂靜。

雪下了之後又融化，然後再下，鋪著夏天落葉的土壤上留下東一塊西一塊白色的雪斑，有時在十月份會下一場大雪，地面上積了一層，所有走過雪地的動物都會留下可以閱讀的記號；然後十一月來臨，雪積得更深、也帶來寒意，夜裡的降雪更是低於零下好幾度。我會挑一天長途跋涉、翻越山嶺去察看獵物的蹤跡，或在傍晚打獵時確認那一年貂的數量是否豐盛。在家的時候我會整理陷阱工具、檢查圈套狀況，然後決定下一步要做什麼；當我在某一刻稍作暫停，可以感覺時節穩穩向前推移著，我衡量自己可以做的選擇：

三個月持續遊蕩在外頭的昏暗中，或是整個冬天在家與我的書和種種想像待在一起，這真是一種兩難的抉擇——必要與想要；然而我設置陷阱的決定往往來得突然、超出意料之外。就像之前，在山後方的某處，我獵捕到一隻麋鹿。要不了多久，應該就會有一兩隻貂，發現我掛在樹林間的鹿肉而前來覓食，因此當時就在那附近順便設置了幾個陷阱。到了現在，所有徵兆看起來都不錯，而我無論如何都要前往那裡把鹿肉拖回來，所以我從倉庫拿出了雪橇，鞍具都已經檢查且修補過了，狗群開始變得躁動興奮。

我的陷阱工具包含各種大小和種類：有用來捕貂的最小型一號彈跳式獸夾，以及用來捕狼、郊狼和水狸、較大型「維特與新屋」（Victor and newhouse）公司製造的雙彈簧獸夾；其中有些帶有牙狀醜惡又殘酷的尖刺，既危險、設置的時候也很困難。這些陷阱工具中，有些是幾年前我在費爾班克斯一次清倉拍賣的時候買下來的，當時我還不清楚自己需要或想要什麼。另外一些是別人送的，或是我在這裡那裡撿到的，它們慢慢累積起來，有些放在家中的箱子裡，有些掛在營地的牆上。為了省去打包它們的麻煩，有些捕貂用的獸夾我會直接掛在獵徑途中的樹上，以便可以在下一個季節使用；受到氣候的影響，它們有些開始生鏽了，但沒什麼關係。有一次，我參考從書上讀到的建議，將我的陷阱工具全部混著雲杉的樹枝和樹皮煮沸，據說這樣可以去除金屬的臭味，而且讓它們比較不容易生鏽。也許真的有效吧，但對於我捕捉到的貂和山貓來說，這種保養似乎一點也不重要。

無論我有什麼需要，這片荒野總是會提供給我，有時透過土壤和雪地，有時是撿到工具和那些被前人遺棄、已經失去光澤的線圈或變鈍的刀刃；例如我用來捕山貓的線圈，就是從某個掏金的溪流中、廢棄的絞盤纜線回收而得。在晚秋的午後，露台的窗戶被漫長的深灰色日光填滿時，我會坐在那裡用刀和鉗子拆解纜線，思緒一下飄到外面，漫遊到房子下方的溪流，然後再回到手上的工作，當五或六股線拆好了，就將它們纏在一起，在結尾打上一個八字結。我發現有時可以用火加熱這些銅線，讓它們變得比較好整理，同時也能改變顏色——從明亮的金屬色燒成暗淡的金屬藍或灰色，這樣它們在樹林裡就比較不容易被看見。當我做好了十到十二個陷阱圈套，就會將它們盤成小圈，然後用繩子綁在一起，將整捆線圈高高掛在工作室橫樑的釘子上。其他一些陷阱圈套是工廠製作的，附帶精巧的金屬鎖釦，但我發現它們大部分使用在實際獵捕時長度都過長，有點太浪費銅線。所以我會剪斷，將一個圈套做成兩個。因為大部分的陷阱都會失敗且遺失在森林中，所以需要更大的數量。

通常我會徒步前往山林，只帶著一天行程所需，有時也會帶著狗同行，在野地過一夜或待上更多天。狗群體力好的時候，會喧鬧著往前狂奔，直到喘不過氣才慢下來，但我喜歡順著自己的節奏長途跋涉，在新的地帶多停留點時間。另外，我也會帶著狗和雪橇走好幾哩路，半途將狗拴在一個地方，然後自己穿上雪鞋徒步前行。積雪時深時淺，而這個季節裡，氣候有時比一般狀況溫暖，有時又比前一年還要冷、山徑足跡被強勁的冷風吹得飄忽不定；最好的冬天是雪降得輕柔、酷寒在短短幾天內就會過去——也就是一個老芬蘭獵人常愛掛在嘴邊的那種「最美好的狩獵冬季」。

無論是從書上得到靈感，還是那些年長的鄰居曾經提起，都讓我領悟到一件事：不應該在同一個地區過度設陷阱獵捕，這是我很早就明白的事實。從前的人們普遍認為——我猜直到現在應該還有人這麼想，你可以遷移到一個地區，設陷阱獵捕所有四隻腳的動物，然後繼續遷移到別處；但我並不這麼想，雖然我對這些事情還只是一知半解，但我的天性直覺告訴我，要照顧我所在的地域，因為將來我有可能會再住進這裡。大部分在沒有人居住的地區，動物們對陷阱都沒有防備，也不會退怯，在那樣的地方你可以捕到任何貂或鼬，甚至山貓也非常容易捕獲。然而一個地區如果過度獵捕，就像我自己所在的雷德蒙區，無論溪流沿岸或山地都曾被過度濫捕，之後要花很長一段時間才能恢復，而住在這裡的人們要面對自己造成的長年貧瘠和匱乏。當我仔細觀察森林，又聽了一些老獵人的談話之後，覺得應該要為這些區域留下一些種子，先觀察動物族群貧瘠或豐盛的徵兆，再決定設陷阱的狀況；畢竟所有的一切都太不穩定了，有太多狀況的介入都會影響狩獵的收穫，然而我們怎能期待安穩和可靠的保證？難道生命沒有別的目的，只等著為我們所用？大豐收的一年可能會再次到來，整個山野再度蓬勃興盛，然而野兔終究會再棄我們而去。在生命準備好之前，無論我們做什麼也無濟於事。

冬至過後，獵捕的季節就開始了，整個世界變得昏暗朦朧，影子拉得很長，光線呈柔和的灰色，冬陽遠遠的從南方照亮群山，日光才剛剛升起一下子又結束了。我變成一個夜行動物，早出晚歸，一天在黑暗中開始，也在黑暗中結束；長途跋涉、打包、觀察，一天天就這麼過去。十二月過去了，然後是一月、二月，很明顯的可以感覺白晝漸漸變長，而日光也停留較久，儘管寒冷依舊，而且在夜晚降臨後更刺骨。獵貂的季節結束之後，開啟了獵河狸的季節，會一直延續到四月；這時森林彷彿突然甦醒過來，在愈來愈長的日照中感覺一陣暖意襲來，我的心也開始轉變了，從雪和長夜轉向了日光、種子和盆栽的土壤。

然後隨著晚春來臨，大地開始解凍，狩獵季節正式結束。所有陷阱都被收回來，掛在牆上或整齊地收好，線圈也從森林裡收集回來；我帶著狗群乘雪橇前往一條柔軟的山徑，做最後一趟旅行，然後將鞍具和雪橇收好，準備迎接夏季。我一邊數著捕獲的獸皮、一邊讚嘆著，而賣掉這些賺來的錢，早就在我心中盤算好要怎麼花了。回顧過去，我學了一些新事物，也留下一些失望遺憾；至於下一年，心中已有打算：需要再開闢一條山徑通往更遠的一條溪，途中還必須建造一間小屋。狗群裡有一隻開始變得躁動不安，當太陽重新獲得力量將雪融化，水滴從屋簷滴下的時候，新的一年正式開始了。

當我現在正寫著這些的時候，多年來累積的碎片殘骸，從幾乎已經埋藏的記憶深處湧出：包括從書本上剪集的資料、各種忠告和建議、自言自語、還有那些以為遺忘卻靈光閃現的許多日子、許多小習慣。我想將它們寫成一大張長長的清單，深怕一轉眼，它們就會從我的腦中永遠消失。

內容分類的工作沒完沒了，從水中裝置開始、到山徑裝置、隱藏式裝置、小籠室裝置（cubby sets）、沉石和平衡桿，所有詞彙裡都帶著鎖鏈和線圈、刀刃的鏗鏘聲。這些古老的騙術、在山林裡學習而來的詭詐技巧。有些因時間久遠而遺忘了最原初的樣貌，有些透過口述和書本傳承下來，都必須再一次用自己的雙手和眼睛實際去操作練習，才得以重新展現。例如一個非常單純的詞彙「腳踏棍」（stepping stick），其實是用一段乾燥的柳木枝，很隨意地橫放在路徑上。看起來就像自然掉落的木條，而圈套就設置在它的後面，隱藏在路徑的一旁，讓奔跑或漫不經心、大步慢走而來的動物前腳一下就踏入這個啟動圈套的裝置。

我曾經從一位去世獵人的日記裡讀過一段話：「首先，我會描述我所知道最成功的一種裝置……」溪谷上橫倒著一棵朽木，這棵朽木已經老到連樹皮都剝落、大部份的樹枝也腐爛了，只有在中段的部位殘留著一根乾枯的樹枝，彎彎曲曲挺向空中。從這個枯枝上垂下一個圈套，倚在朽木上擋住去路。雖然不知道到底有什麼會從這棵朽木上走過，但是當雪開始下、又遇上沒有月光的夜晚，也許我們真的會發現有什麼被掛在那圈套上，「空心的朽木上掛著一隻野兔頭……」。

我的筆記上有關於誘餌的事，描述如何使用它們，包括那些臭掉的魚和腐敗的內臟。有次我遵循某個人的建議，拖著一塊味道刺鼻的麋鹿軀體走了好幾哩路，並在沿路設置了許多陷阱，而這個方法真的很有效，路上遇到的每一隻貂一定都會回頭追尋這個味道。秋天的時候，我發現狐狸和郊狼喜歡在河灘上挖開積雪尋找擱淺的鮭魚屍體，所以我會在牠們經過的路徑上，將一塊魚埋入積雪，然後在上方設置陷阱，最後再覆上一層雪掩蓋，接下來就是期待一陣風吹起。「氣味製造的方法如下：取等量的野兔、臭鼬、麝鼠肉、外加兩隻老鼠，切碎裝入有蓋的罐子裡，放置在陽光下……」慢慢的這些餌就會化為誘惑的氣味，就像河狸腺體散發的刺鼻香氣一樣。這些切碎、磨細、臭氣沖天、發酸的腐肉混合尿液，最後可以化為汁液被珍藏保存。整個過程雖然豐富、卻令人不安，是一種污穢卻讓人著迷的技藝和科學。我記下來，然後存放在心裡，等有一天真的需要派上用場的時候再找出來。

死亡的方式真的非常多而繁雜，我常常苦惱什麼才是最完美的方法。有一次在一本舊書裡我發現一個章節稱為「扯下心臟的藝術」，講述如何徒手殺死小動物的方法：將手靈巧地伸入肋骨下的胸腔，握住跳動、拍打著的心臟後，堅定地往下一扯，心臟立刻斷開。

我對自己所做的工作變得相當熟練而有技巧，幾乎可以說是生而為此，然而這對我來說有時卻是一種困擾。我無法停止去想那些被我捕捉的動物、去思考我的動機和技巧。常常在夜裡我清醒的躺著，眼前可以清楚看見雪地裡的山徑，而我自己被陷阱或圈套捕捉住，慢慢的在原地凍死；我能感覺到緊緊鉗住我的金屬有多冰冷，寒氣刺骨，而一雙黃色的大眼從黑暗中盯著我，看進我的靈魂。也許，我加諸在那些動物身上的痛苦和折磨遠遠超過牠們所能承受的，但實在沒有什麼方式可以確認這點，牠們的生和死，像在我身上長了爛瘡一樣難以擺脫。

特別痛苦的事情有時就這麼發生了。有一次在河邊，我發現鄰居的狗被我捕捉郊狼的陷阱困住了。當我發現牠的時候早已死去，脖子上的金屬線圈勒得太緊以至於頭幾乎被截斷，周圍髒亂的雪和折斷的樹枝顯示當時痛苦的掙扎。我艱難地將圈套從牠的脖子上取下來，拖著牠早已冰凍的屍體到河道中央讓河水帶走牠。我告訴自己這不是我的錯，這個鄰居，住在好幾哩外的地方，一點也不照顧他的狗，任牠們在這個區域的森林中亂跑，牠們通常成群結隊，對年輕幼小的麋鹿造成很大的威脅。然而，我對這意外產生的遺憾還是很深刻，以至於從此不在家附近的河流周邊設置陷阱。

可能因為一直都帶著這樣的認知，讓我不太想捕捉河獺，雖然在河灘常常可以發現牠們，但一開始我就不喜歡這個想法，畢竟牠們是這麼辛勤工作的動物，稱得上是森林與河川的工程師，而牠們實在太常需要對抗那些粗心大意的人們的陷阱和獵槍、對抗公路和涵洞；然而另一方面，河瀨的毛皮一直是市場上少數值錢的貨品，在那個時期，三、四張品質好的毛皮可以買到許多豆子和培根。

有一年晚春，在坦德福河（Tenderfoot）下游某個小水塘裡，我第一次捕捉到河獺。為了那隻河獺，我花了許多時間，在寒風中從理查森來回走了六哩路。對這件事我實在沒什麼經驗，大部分所知都是從書上得來、或是其他獵人告訴我的，剩下就只能邊做邊學。

雪掩蓋了結冰的水塘，而河獺的巢在這寧靜的冬日地景中形成一座巨大、形狀不規則的堤丘。我擁有的工具是一個六呎長、沉重的木棍，頂端裝了一個兩吋的鑿子，憑著這個和一個小鏟子就可以用來清理碎冰塊；我從冰面上挖了一個兩三呎深的洞，褐色的池水瞬間從冰牢中解放，冒著泡沫大量湧出來、填滿了整個洞，有時水會溢出邊緣繼續流出來，弄髒了冰面，還讓浮冰淹到我的腳邊。我不得不退到岸邊，砍倒一些灌木和樹幹到冰面上，讓自己有可以站立的地方，好繼續用鏟子將冰洞挖得更大一點，方便設置陷阱。

我用的是標準的四號河獺專用獸夾，並且用一支山楊木當作誘餌，其他還有不同種類的誘餌——白楊木是最好的，柳樹也不錯，然而山楊木是水塘周邊最容易取得的樹。我在水塘附近利用雲杉的樹幹架了一個簡陋的三腳架，簡單地用釘子和銅線固定好，陷阱就垂在下方，誘餌山楊木牢牢固定在陷阱上，綠色的樹皮用斧頭削掉，露出白色的木材以便在混濁的水中可以吸引河獺的注意。整個裝置放入洞裡，讓下半部浸入水中，陷阱和誘餌沉到冰層之下、靜置在水塘底部。洞口表面的水在零下的冷空氣中很快就結凍了，整個裝置像被水泥封住一樣牢牢固定著，直到下次我再來的時候再把它鑿鬆。

整個過程必須小心操作，離河岸和河獺巢的距離也要適當，不然整個作業將會徒勞無功。當我挖好洞、用一根棍子測量深度，有時會發現水太淺，這時沒有別的辦法，只能在冰面上往更遠的地方移動，然後重新操作一次。如果有樹枝從水裡竄出來，或是雜草引起的任何問題，都有可能在河獺發現誘餌之前觸動了陷阱。在水塘很難看見河獺的蹤跡，據我的經驗，牠們似乎特別聰明，有兩次我收起陷阱的時候，發現它已被觸動，而且作為誘餌用的樹枝也不見了。

但某個明亮的早晨當我來到陷阱邊，終於發現捕捉到一隻河獺，牠被陷阱銬在鐵鍊的一端，從水中浮出來，已溺斃而且溼透了。我站在陽光照亮的冰上看著牠，混雜著勝利和後悔的感受，牠又大又黑，應該有四十磅重。我把牠裝在籃子裡，背著這沉重又潮溼的包袱跨越山頭回到理查森。

過了一陣子，我想試試在塔那那河流域捕捉河獺。我選了一個新築的河獺巢，位置在班納河口下游的一個泥灘上，在那裡我插了一段小樹枝做標記，當時是秋天，到了來年春天我就可以依標記找到位置。那年冬天塔那那河氾濫了好幾次，河灘上形成一片巨大且多層次的冰床，甚至溢出河岸，看起來是不會有任何生命能夠存活在那厚冰之下。河獺的巢完全凍結在厚冰之下看不見蹤影，上面還覆了一層雪。但是，捕河獺的季節來臨了，無論如何我都要試試看。

我選擇了一個地點，距離河獺巢所在的位置不遠，而且應該是河道最深的地方。我用大鑿子往下鑿洞，但還不到六呎就碰到河水；我汗水淋漓地站在寒冬中，看著清澈的冰水冒著泡泡往上湧出洞口，啊！我心想，這樣應該沒問題了！然而當我用一個長棍測量深度，並察看我有多少空間的時候，才發現我實際上才挖了兩呎深，到達一個積了一些水的中空冰室，在那之下，還有更厚的冰層。我失望的放棄了，在那個巢裡的河獺一定度過了一個飢荒的冬季，然後被冰困住無法出來覓食，真是不幸。

這實在是件極辛苦、報酬又少的工作，有些老人總愛說世上很少有比這更吃力不討好的事了；要暴露在天寒地凍中，只能帶著薄薄的手套，握著那些凍到刺手的金屬。有時甚至為了要仔細操作裝置，連手套都不能戴。手腳冰冷，指頭又痛又麻，一整天除了冰凍的甜甜圈、一塊肉乾和一把雪之外，什麼吃的東西都沒有；佛瑞德·坎貝爾有時會形容他自己「凍得像隻哀號的狗」，早上在山徑邊他會突然上下蹦跳、試著取暖，因為這裡的低溫就是這麼冷！

然而不只是冷——雖然那已經夠嚴酷了，行走在結冰的河川上或溪流灘地時，常常會有一腳踏入激流、讓身體溼透的危險：一個大北方的捕獵人可以告訴你許多關於如何踩破薄冰、跌入水深及膝的冷水裡，然後拚命跑回岸邊生火烘乾取暖的軼事；但如果你在一個距離家或遮蔽所很遠的地方，又不小心讓自己凍傷，那狀況將會糟透了。

我能夠想像自己屈身趴在坦德福河的冰面上，在零下四十度的酷寒中，鼻子感覺快要凍裂開來。一邊詛咒，一邊喃喃自語的用那戴著厚厚手套、卻還是凍僵的手指，努力調整陷阱裝置，然後幾天或幾週後回來發現一隻動物也沒抓到，只有冷風和雪包覆著整個裝置。誘餌已經被咬走、獸夾也被觸動，現場什麼都沒留下，時間和所有的勞苦都白費了。

有些時間，是在家或營地安靜地度過，做著剝河獺皮的工作。這小小的屍體，在工作室冰冷的角落放了一夜之後開始解凍。早上，我用一把刀，從尾巴開始一路往後腿劃開，將皮毛從這冷冰冰、部分還凍結著的身體扯下。到了腳趾和頭附近要改用小刀來作業，當毛皮從鼻尖和嘴唇完全脫離後，就要將溼潤的毛皮翻面，展開在一個狹窄、專門用來繃皮的板子上。用釘子固定好，然後用一個薄夾板將尾巴壓平。

我細心地進行毛皮乾燥的作業，必須遠離火源，不時還要翻面，這樣才能得到最好的成果。當我累積了幾張上好的毛皮，就會在某個清晨搭上往費爾班克斯的便車，有時是坐在冷風颼颼的小貨車後方進城。拜訪了城裡每一家毛皮商，最後決定一個價碼。雖然那數字總是嫌不夠，但也不算差，足夠買一些我們需要的東西了。最後裝著一袋日用雜貨，我又搭上便車，穿過黑暗、漫長、空蕩蕩的高速公路回家。

如果山林生活的成功與否能用金錢數字來衡量，即使加上那些無形的報償，我的成果也並不算太好，而且還會隨著動物族群的消長、以及我自己外出設陷阱的意願而起伏變化。在某個豐收的冬天，我捕獲了二十隻貂、一對山貓、一兩隻狼，當我賣出所有毛皮之後，只賺了不到三百元。在當時對我們來說是一筆豐厚的收入，幾乎占全年收入的三分之二；當我說起這些的時候，再一次意識到我們在那些年裡，沒有太多需求就可以過日子，而那一點點微薄的收入顯得多麼重要。

沒多久之前，我在育空地區的一個聚落稍事停留，看見一個當地的公告，列出下一個秋季的毛皮價錢。我瞥一眼那張清單，當場嚇傻了。上好的山貓皮三百五十元、紅狐皮兩百五十元、郊狼皮一百五十元，然後逐次遞減，包括常見的貂、鼬、河獺等等。我帶著羨慕的心情回想自己那個時候的行情，幸運的話，山貓皮可以賣三十元，但通常只有十五元；狐狸毛皮幾乎是用送的，除非偶爾才會有賞金；至於郊狼，不如讓牠們繼續留在山林裡。當我轉身離開那張價錢清單時，突然一陣感慨襲來，我似乎將自己人生最美好的歲月消耗在一個最蒼白、貧瘠的年代。

然而，雖然賣毛皮似乎是必須的，而且有金錢收入總是很好，但我從來都不喜歡販賣我的毛皮。它們對我來說，意義遠勝於金錢——看著毛皮在陽光下閃閃發亮，有一種完成工作的滿足感。當我賣掉它們的時候，感覺自己的驕傲都收進口袋裡了。

那些年，我當自己只是個熱情的業餘者，一個積極且帶著敬意闖入古老領地的入侵者。那些我開闢的山徑和建造的小屋、我的狗、其他許多事物都真實存在過，而我自己大部份的時間都全心投入生活，彷彿生命裡沒有其他任何事比這更重要了；但陷阱捕獵對我來說，並不是投注一輩子去做的唯一件工作。不像有些人，他們真的可以稱為大師，認真專注在這一生的志業上；即便如此，我還是非常認真地對待這件事，而且從我想要的事情中學習到很多。也許，下一輩子我會留下來，讓荒野擁有我。

當我對一些冒險開始感到疲憊，而我們也有了另外的收入，我就不再設陷阱捕獵了；但它一直都存在，是一件只要我想做就做得到的事。即使我的狗都死了、雪橇和鞍具賣了、皮毛價錢比以往任何時候都還要低。

如果現在讓我認真考慮這件事，即使許多細節都不記得，價錢和其他什麼的都拋在一邊，真正讓我想要回歸的，是那無邊無盡的漫遊；想要在一月份特別寒冷的早晨外出查看雪跡，尋找那些我想再見到的拉長的身影；那裡有我需要閱讀的書籍，有我想追蹤的生命歷程，有時甚至會見證它們來到盡頭：一些毛皮散落在弄髒的冰層上，雪面留下一隻貓頭鷹的翅膀印痕。

那是一種奇怪、複雜的享受，有著勝利的氣味。在寒冷中辛勤工作，並且從自己的勞動中有些收穫；和動物鬥智、設下陷阱或圈套、然後捕獲牠。在清晨微光中發現有什麼曾在前一夜來這裡活動過，即使什麼也不懂，還是能夠只憑雪地上留下的腳印判斷。

我可能會想起暴風過後的那個早晨，我穿著雪鞋在狂風和積雪中，從一條山徑裡逃脫出來。所有的樹都被雪壓得彎折傾斜，根本看不清楚路在哪裡，陷阱被雪掩埋而失去蹤跡。那真的是好久、好久以前的事了，在那朦朧昏暗的國度裡，人們有時會失去方向，樹木在雪中的形影有時也會讓人迷惑。然而我在那裡卻覺得自在，我漸漸失去人類的心智，學習那些被我獵捕的野獸的方式去思考。當我進山林的古老生活方式一段時間之後，我自己也成了一頭野獸。

我們身處在這枯竭的世界，有時會像老獵人一樣作著豐收的夢。富饒的土地上充滿了競賽和嬉戲，魚、獸都像過去一樣豐盛多產。熊、麋鹿、馴鹿漫遊，森林裡到處都是野兔。貂來回穿梭走動，牠們成雙的足跡總是消失在

我們聽到的故事

那是某個冬天的夜晚，暮色剛剛褪去。理查森旅店的廚房裡，瓦斯燈在我們頭上亮著，強烈的光投射在櫥櫃和杯架的琺瑯器皿上，吊掛著的鍋子也發出反光。在房間中央的長桌上，一張花紋磨損褪色的白色油桌布微微發亮著。

我們三個人圍坐在桌邊——埃里森、馬文和我，喝著加了萊姆烈酒的咖啡。房間盡頭立著一個又黑又沉重的大威牌（Great Majestic）壁爐，煙管裡傳來一陣陣熱氣和風的嗚咽聲。

埃里森正在說話，帶著忙完一整天旅店雜事的放鬆心情，將他最愛的那頂黑色司機帽推到腦後，露出紅潤寬闊的額頭，一雙舊損的羊皮手套放在他左手邊的桌上。埃里森是個愛講故事的人，用他那冰藍的眼睛緊盯著他的聽眾，說著他自己知道或從別人那聽來的各種事蹟。

「但你曉得，比爾他……」埃里森對馬文說，「……還有在這裡的海恩斯，我們不能忘記他。你知道，我們那個時代這裡發生過很多奇怪的事。伙伴們花太長時間自己一個人待在狩獵區，有些人頭腦開始變得有點奇怪。如果你知道我指的是什麼。」

馬文點頭表示同意，雖然對埃里森的故事有點保留，但還願意繼續聽下去。在理查森已經生活了超過四十年，七十八歲的他是這裡最老的居民。修剪整齊的頭髮、堅毅而有稜有角的臉，在簡潔的羊毛服裝中透露出他這個年齡有的自信和機敏。他總是用一種沉靜的聲音回應，平和的目光直視著埃里森說，是的，他知道這個人或那件事。

然後埃里森用一隻沉重的湯匙攪拌他的咖啡，開始講述兩個獵人見面卻不說一句話的故事。

✦

兩個孤獨的人各自住在偏遠的地區，他們有自己的小屋和狗群。當冬季來臨時，白天變得短而昏暗，然後再慢慢延長，光線也愈來愈亮。行事曆上的日子畫上一圈圈的記號，然後一頁一頁撕去。木屋牆面冰霜的碎裂聲、雲杉樹頂的風、餵食時間的狗吠或回應遠方荒野聲響的嚎叫，都凸顯他們生活中過多的沉默和寂靜。每個夜晚都重覆想著同樣的事，來自寒冷漫長白天的延續；每天讀著同樣的型錄和雜誌上的同一頁。與自己的影子拌嘴時，喃喃說著同樣的話。每晚同樣的時間在大鍋裡，用油脂攪拌玉米粥為狗群準備食物。沉睡，然後早晨，同樣的光在窗戶上慢慢變得蒼白。

至少應該去見見某人，他覺得。不需要聊天，那有點太多，只是見見某個人，與另一個人類待在一起一陣子。他在一次長途跋涉到另一條溪流區域的時候認識了一個獵人，他叫什麼名字？不重要，總之他必須去一趟。雪橇打包好了，狗群也上了鞍具，這天早晨還算暖和，所以他出發了。穿過雪地，開闢一條新的路徑前去拜訪遠方的鄰居。

當他終於看見一個低矮屋頂的時候已經是黃昏，那是在一個沼澤眾多的溪流岸邊、用一片雲杉林間建造的簡陋小屋。有人在家，一道白煙裊裊升起，從那積雪的屋頂上突出的短煙囪裡。院子裡鍊著的狗群，開始對這突然從樹林中穿出的陌生隊伍喧噪吠叫。

出了森林不遠，他低聲命令狗隊停下雪橇，然後開始解開狗兒身上的鞍具，準備為他的隊伍駐紮過夜。這時小屋的門開了，一個男人的身影出現在門框中，隔著空曠的前院看著他。既沒有揮手也沒說話，然後轉身回到小屋裡，留下半開著的門。

剛抵達的男人從雪橇上的包袱中拿出大塊冷凍、半乾的魚丟給每一隻狗，然後拿出他的鋪蓋，走過前院。閃開那些用鍊子拴在犬舍、試圖撲向他的五隻狗，牠們對這個陌生人狠狠地狂吠著。當他抵達三角屋頂下的門口時，稍微停了一下，回頭看看遠處的暮色，然後彎腰穿過低矮的門。他走進屋子，關上身後的門。

他發現那個男人坐在屋內唯一一張桌子旁的長椅上，籠罩在煤燈剛點燃的光芒下：那是一個很像自己的男人，也許稍為年長一點，臉上有著發灰的鬍渣。眼神深思熟慮、似乎可以穿透人心。

剛進屋的男人將他的睡鋪放在地上，脫下雪衣甩一甩、抖掉上面的霜，將它掛在靠近門邊的一個長釘上，把手套和帽子放在凹凸不平鐵爐上方的網架上烘乾，然後轉身面向桌子。他做這些動作的時候緩慢而小心，彷彿不確定自己是否受歡迎，然而屋子裡的男人向他點點頭，用手指著靠桌子另一邊的地上、倒放著的一個小木桶。

男人走過去坐下，不再抬頭看他的同伴，他盯著自己的手然後開始摩擦，試著舒緩僵硬的手指關節；他環顧房屋內部，發現有一種熟悉感，跟他早上離開的那個地方很像：一個用圓木圍起的四方空間。木條搭建的屋頂被煙燻得漆黑，窗戶開在其中一面牆上，地面鋪著粗木板，在桌子與火爐之間的空間散落著一些木屑和飛散的短草稈。

另一個男人從長椅上站起來，在爐子後方架上的箱子裡找出兩個刮痕累累的琺瑯盤子、彎曲的叉子和湯匙。他將這些排在桌上，然後轉身去拿爐子上正沸騰冒泡的燉肉和豆子。兩個男人坐下，從冒著熱氣的鍋子裡舀出燉煮的食物到自己的盤子裡，然後沉默地吃著。

夜慢慢推移，兩個男人安靜地坐著，喝著茶，其中一個因為疲勞和屋子裡的溫暖開始打瞌睡、然後驚醒。另一個時不時站起來在火爐裡添加木柴、清理桌子，然後在茶壺裡加滿水，然後再回到他的長椅上。火燒得劈啪響，吊燈也發出單調的嘶嘶聲，整個夜籠罩在靜默之中。

過了一段時間，坐在長椅上的男人站起來，再一次為火爐添柴，然後開始鋪床，就像他每晚到了這個時間都會做的一樣；另一個人也站起來，在火爐和桌子間的地板上攤開他的鋪蓋。接著，兩個人都鬆開麂皮鞋的綁帶，將鞋掛在屋樑的一個釘子上，然後脫掉長襪、厚襯衫和褲子；兩個男人半背對著彼此，似乎對這突如其來的陪伴感到羞怯，直到脫到剩下灰色內衣褲，他們才躺進各自的床鋪。燈罩的光暗了下來，變成琥珀色，最後輕輕啪的一聲熄滅。其中一個人深深地吐了口氣，沉沉睡去。一個陰暗的身影坐在小屋裡，眺望著屋外雪地上的星光。

✦

這樣的生活會持續好幾年，他想，天天看著緩慢升起的黎明和映照在雪地上的光。在這山林荒野，孤獨而寧靜的生活，還要持續好多年。但也許一切都會改變，新搬來許多人，變得擁擠又吵鬧，而他永遠都不能瞭解這些人。他自己會慢慢變得蒼老、僵硬，身體因為砍柴和設陷阱的工作而駝背佝僂，但只要他還能走或站，他就會一直守著這與雪地、毛皮、孤獨、狗群為伍的日子。

一些事在他的意識裡浮現，那些關於他過往的事，關於他來自的地方。一些沒有名字的臉出現又淡去，其中一個或兩個是有著名字的。許多疑問從黑暗中向他拋來，然後跟他一起下沉。有許多說話的聲音，但他聽起來都覺得陌生；有件事他心裡很明白，卻找不到字眼表達，他永遠都無法開口對它們說。那些影子開始填滿他陰沉的心，為什麼他要來到這裡？選擇沒有同伴的生活、沒有孩子的安慰、為什麼不讓自己的老年輕鬆舒適一點？他幾乎想不起原因，那是好久以前的決定。他只記得最後的告別、最後一次說再見。那裡有一個風景，他將再也見不到，有一個人，他再也聽不到任何消息。所有的一切，最後都變成了無窮盡的距離、變成沉睡的自己的一部分。

早晨來得很早，比唯一的一扇窗上慢慢出現的灰色光線來得更早。早晨的到來，讓小屋裡慢慢變冷。然後院子裡一隻狗從窩裡鑽出來，伸伸懶腰、抖抖身體，發出鍊子低沉的碰撞聲。

睡在小床上的男人打了個哈欠、掀開毛毯坐起來，他在昏暗中待了一會兒，然後擦了一根火柴，點燃床邊木箱上一個立在錫罐的蠟燭。他在這昏黃、閃爍的燭光中站了起來，小心翼翼避開俯臥在地上的身影，用一些撕成條狀的乾燥樺樹皮和細枯枝點燃火爐，然後從水桶舀水注滿茶壺。

當火燒得劈啪作響的時候，另一個男人掀開他的毯子坐了起來。昏暗中，他看著圍繞在房間四周的設置，注意到另一個男人的存在，才想起他不是在自己的房子裡。當小屋變得暖和，他才起身穿衣服，並且將睡鋪捲起來，而他的同伴正小心地在火爐與桌子之間走動。

很快地，咖啡、加了葡萄乾的燕麥粥、酸麵包都準備好了。兩個人都沒有跟彼此說一句話，各自沉浸在自己的想法裡。長久以來的習慣讓他們知道在這個時刻應該要做什麼樣的工作：看一眼門外清晨的天空，再透過微弱的燭光確認在窗外牆上的溫度計，抱一大把木柴為爐火做準備，然後再提一桶雪作為儲水。完成後，兩個人各自回到長椅和木桶上，再一次盯著房裡的暗處沉默。

現在已經完全破曉，光線已經是冬日裡最明亮的狀態：南邊山嶺後方出現玫瑰灰色的光芒，透明的朦朧光線籠罩雪地，是離開的時候了。

男人穿上麂皮鞋，然後繫緊鞋帶，站起來從架上拿手套、從牆上取下雪衣、從地板上提起睡鋪。他停了一下，看似終於要開口說話，半身轉向安坐在桌邊的男人，然後開了門走向院子。

麂皮鞋踩在緊實的積雪上，發出乾燥、嘎吱嘎吱的聲響。他走向森林外緣，在那裡，他的狗群都醒了，站起來抖抖身體，開始對他發出嗚咽的吠聲。他解開雪橇，抖落積雪，重新開始打包，所有動作迅速而堅定。最後將冰冷僵硬的鞍具在雪地上展開，讓狗一隻一隻依序套上，形成兩列隊伍。

另一個男人走到小屋的門邊，看著院子外的男人對他的狗隊低聲說了些什麼，然後他們快速地往那起伏不平的山徑移動，往家的方向奔去。

✦

埃里森倒了一點萊姆酒到他的杯子裡，然後將瓶子推到桌子對面。我看著酒瓶上熟悉的、紅黃相間的標籤：標準酒精濃度的雷蒙哈特德莫拉萊姆酒（Lemon Hart Demarara Rum, Proof）。馬文用他那機警又世故的態度看著這一切，他不會再多喝一點酒了，以這個年紀的標準來看他喝得不多。我無法分辨他是否相信這個故事，但他用一種彆扭的方式笑笑，然後濃眉下的眼睛看著我，好像要跟我分享那些他不想大聲說出來的評語。

隔著桌子坐在埃里森對面，我的話很少，保持靜默。因為自己還年輕，幾乎沒什麼可以說的。看著兩個不再年輕的男人的面孔和動作，我知道自己只有聆聽的份。

談話繼續下去：問題、主張、謹慎爭論他們所記得的事。從記憶中不斷湧現那些稀稀疏疏定居在這個區域、像不固定的家庭成員般的人們共同分享的歲月。當我仔細聽著的時候，覺得有些東西開始填入這些有一搭沒一搭對話中。就像在偶爾的沉默中，會聽到廚房牆邊巨大壁爐的喘息聲。我發現自己有時候也融入了那已消失的族群——一群時而駐紮、時而遷徙的男人們。狩獵、伐木、挖掘。有的時候聚在一起，但大部分時間都各自疏散；他們的聲音時而清楚時而模糊：低聲感嘆、詛咒、不耐煩地叨念。他們遠從堪薩斯、安大略、密西根而來——被那讓人迷惑的夢想牽引著。乘著以鎖鍊和鞭子驅使的馬車或雪橇，搭船或火車甚至步行而來。穿越潮溼的草原和乾燥雪地，嘎吱作響的車軸和運輸工具載著他們不斷往前，穿越、聚集然後分散，全都是沒有女性陪伴的單身漢。

他們來到這裡，來到這蒼白、冰凍的偏遠之地，是為了找尋些什麼？也許他自己也無法言喻，應該不是財富，而是一種精神上的運氣、一種他在原來的地方不再擁有的新鮮感，這些都在北方閃閃發光著。大地漸漸暗了下來，瓦斯燈裡發出的短暫光明照亮了暗影。

埃里森從爐子上拿起一個藍色花紋的石壺，在杯子裡倒滿咖啡。他站在桌邊，深褐色襯衫的釦子只扣了一半——以一個六十歲後半的矮小男人來說，他的胸膛顯得直挺寬闊。他從天花板的掛鉤上取下瓦斯燈，用拇指壓了幾下打氣桿，燈變得更亮了，而燃燒氣體發出的聲音也變得更有力且大聲。

接著，馬文回憶起一些關於熊的事。他比我遇到的任何人更瞭解熊和這個荒野山林，當然，他忘記的事可能比我知道的還要多；靜靜地，就像從一個巨大倉庫裡隨意挑選一些東西般，他開始講述。那是好多年前的事，曾經有一次，他和一隊人徒步穿越斯圖爾特河（Stewart River）流域的經歷。

季節已經邁入深秋，他們結束了一個土地競標的活動，走在返回道森（Dawson）的途中，每個人都急著回去登記他們押注的小塊土地，更希望能在入冬前回到各自的溪流地。某天下午，他們在山路上遇見一隻大灰熊正走在前方。因為灰熊就在眼前，所以整個隊伍都停下來。

他們正處在一個狹窄的河谷地，山路是由電信工程隊剛剛開闢出來的，路的一邊垂直往下、最底部就是河流，另一邊是陡峭的岩壁，根本沒有可以繞過熊的空間。而且奇怪的是，這支競標土地的隊伍裡，竟沒有一個人帶槍。

灰熊顯得一點都不著急，牠已經儲備好脂肪和濃密的毛皮迎接冬季，行走的時候，肩部黑色隆起的肌肉擺盪著；當牠察覺到有人在牠身後，便轉過身、用雙腳站立起來，朝著縮成一團、保持在六碼遠的人群嗅聞著。認定他們沒有威脅，灰熊滿意地回到原來四腳著地的姿勢，繼續悠哉地走牠的路。

夜晚降臨之後，一隊人在山路狹小的腹地紮營，用幾根乾樹枝和周圍坡地上找到且仍然青綠的灌木點起微弱的營火，滿心期待第二天灰熊就不見蹤影。冬天就要來了，有時天空會降下一些雪，糧食短缺，而且沒有一個人熟悉這一帶的環境，他們都急著想進城。

然而，第二天早晨拔營之後，他們背著沉重的背包重新上路，卻又一次與灰熊相遇。大家只好等待，那是屬於牠的地盤、牠的季節，而牠可不會忍受人的催促。一行人不耐煩卻也沒有其他選擇，只能依照灰熊慢吞吞的步調前行。

連續三天隊伍都只能走在灰熊的後方，那真是一趟漫長而令人惱怒的旅程。灰熊一路上悠哉地挖著植物的根或翻開岩石找老鼠來吃，白天的時候更時不時就停下來睡個覺，整隻平躺在路中央像張巨大的地毯，伸伸牠的長爪子和毛茸茸的趾頭，張口打哈欠時在空中發出齒顎撞擊的聲音，完全不在意遠處有一群人盯著牠。

隊伍中有一、兩個人生氣了，他們顯然比其他人愚蠢，竟開始對熊大吼大叫並對牠丟石頭。殊不知這種行為除了對狗和馬有效外，對其他動物一點用都沒有；灰熊對他們來說不過是個巨大的累贅、不聽話的寵物、跑錯地方的動物園產物，還好他們的無知沒有帶來不幸，灰熊只有在他們太靠近的時候轉頭對他們低吼了一下。

第三天傍晚，當他們即將要在峽谷一處樹木繁茂的地帶休息的時候，灰熊又停下來。這次牠距離他們很近，牠轉身，再一次站起來，展現雄厚威武的身影。牠緊緊盯著身後這群聚成一團的人類，而他們只能看見一團濃密、黑色的毛皮，被風吹得微微顫動。秋日稀微的日光穿過狹谷岩壁的縫隙、從河對岸照在牠身上，閃閃發光，灰熊巨大、渾圓的臉審視著他們。牠平鈍的鼻子不斷在空氣中搜尋著，像是個不可一世的萬物之王正在打量和算計著。

終於，帶著尊貴的威嚴，灰熊四腳落地，再一次轉身離開。就像一直以來都很清楚自己要往哪裡去一般，牠輕輕鬆鬆爬上斜坡、穿越一些滾落的巨石、突破乾枯的灌木叢，然後消失在山坡上稀疏的樹林裡。

說完，馬文再次沉默。他沒有埃里森唱作俱佳的天賦，只是陳述著真實的事件，也不堅持一定要有聽眾。下次只剩下我們在他河邊的小屋裡的時候，他就會再跟我說說那些隨意取自遙遠記憶裡的故事，只要我想聽。

我們喝著咖啡或萊姆酒，然後繼續一些關於熊的話題，提到一些人名和糾紛。例如佛萊德．坎貝爾和他那些到處亂跑的狗群，他放任牠們在整個獵區到處追逐熊並自行覓食。馬文說他真是個該死的討厭鬼，因為他和狗群引起的騷動讓大家都捕不到麋鹿。

他們還提起幾隻熊闖進民主黨部廚房的軼事，鍋碗碟子散了一地、架子、箱子都被扯翻。隔壁房間裡的人們隔著圓木牆的縫隙聽到吵雜聲後，卻只是坐著謀畫該如何將熊趕出去。還有一隻叫做泰迪的熊，是馬文從牠小的時候開始收養的，他將熊拴在一根結實的粗柱子上，直到牠四歲的時候變得粗暴而且具攻擊性，只好開槍射殺了牠。

這些故事就像記錄了智慧、愚蠢、幸運的人類編年史——某個夜晚當我們再度聚在這裡的時候，它會繼續被書寫、更新。而到那時，人們將失去從前那種嬉戲般的純真，不再以一種訝異的眼光看著眼前的獸，對這豐盛的世界，那些遍佈地上走、天上飛、水中游動物，有些甚至懂得並能說人類話語的這一切不再感到驚嘆。

我從自己記憶中的某處拼湊了一些話題。那是最近的某個春天，人們談論著報紙上刊登的一篇文章，關於一個很有名的狩獵嚮導和他的富商客人、在阿拉斯加山脈失蹤超過一個星期以上、最後被發現已經死亡的事件。他們試著用煙將一隻灰熊從牠的洞穴中燻趕出來時，被熊殺死了。當時被當作頭版新聞大肆報導，讓那個季節籠罩在一種充滿冒險與悲劇的氛圍裡。而我記得非常清楚，我的鄰居德爾馬艾略特（Delmar Elliot）——現在已經去世很久，在某個早晨和我一起開車進費爾班克斯城裡的時候，一路上都在講這件事。他講述整個故事的方式有條不紊、鉅細靡遺，好像他從頭到尾都聽到了過程，然後希望將這個故事寫進地方史似的。最後結尾的時候，他用那平淡的聲調、嚴肅地說：「灰熊咬了他們……我猜那就是他們的死因。」

✦

現在時節已經進入嚴冬，熊也開始冬眠，所以我們有其他的事情可以思考——例如關於保暖。埃里森用他寬闊的手掌轉著萊姆酒瓶，然後提起一個人的名字：吉姆．奇瑟姆（Jim Chisholm）。在一九三〇年代，奇瑟姆在樺樹湖（Birch Lake）邊擁有一間小木屋。他是一個愛喝酒、單身、超過中年的男人，對他的爐子和用火有點隨便。

十二月某個寒冷的夜裡，他把爐火燒旺後倒頭睡去。火花從煙管接縫的破洞冒出來，燒到火爐上方的乾苔屋頂，最後奇瑟姆從沉沉的睡眠中熱醒，小屋的一頭已經開始燃燒並冒出濃煙——大火吞噬乾燥的圓木牆壁，彷彿那些只是單薄的紙張。一頭霧水、只穿著單薄睡衣的奇瑟姆，只有很短的時間可以隨手抓起一件袍子，兩腳套進一雙拖鞋，然後衝過熊熊烈火包圍的門，跑到外面的雪地上。

當時氣溫零下三十度，瀰漫著灰矇矇的薄霧，那是一個你要花很長時間才能看清楚湖岸、迷濛的夜晚。

奇瑟姆坐在強光照耀的黑暗中，穿著他的拖鞋和鬆垮垮的罩袍。燃燒的房子為他保持了一點溫暖，看著柱子一根接一根著火，然後屋頂的一部分在散落的火花中崩塌。

穿過雪地和冰封的湖，在兩哩外有一戶距離最近的鄰居，是一間位於瓦爾迪茲路（Valdez road）上的旅店。大火和灰燼中已經沒有任何東西留下來，於是他轉身面對著冰封的湖，然後開始行走。

即使在白天沿著堅實的小徑走這段路，也要花很長的時間。奇瑟姆獨自一人拖著步伐，偏離了路徑，在乾燥、鬆軟的雪地上蹣跚前行，有時雪深及

膝蓋。他愈走愈急，被逐漸增強的恐懼驅趕著，兩臂交叉緊抱胸前，將罩袍緊緊包住身體，短領只能圍住臉和耳朵的一部分，

漸漸地，他不再感覺拖鞋裡的寒冷，只覺得一陣刺骨的麻木從腳底往上蔓延到腿。他完全清醒了，艱難地呼吸著，眼睛緊盯著雪。冰封的湖面上，時不時吹起風，他眺望著對岸樹林裡的微光。

湖的南端、路邊旅店的廚房裡，兩個沒有被記錄名字的男人正一邊喝著咖啡，一邊做著夜裡清洗的工作。冬天路上本來就沒什麼車，而這裡又距離費爾班克斯鎮六哩之外，這麼晚的時間不可能有旅人前來。然而在一陣寂靜中，他們聽到外面有個聲音，一種緩慢又規律的碰、碰、碰聲響踩在階梯上，慢慢來到門廊前。

現在，埃里森以一種戲劇的浮誇姿態，舉起萊姆酒瓶，敲著桌子……碰、碰、碰……這就是他們聽到的聲響。

其中一個男人帶著瓦斯燈走到門邊，然後向黑夜打開了門。在寂靜的嚴寒中，奇瑟姆站在那裡，他慢慢穿越除過雪的木板地，罩袍鬆垮垮的圍在身上，而拖鞋早已遺失。他抬起如木頭般的腿，讓那光溜溜、僵硬的腳重重落

下，發出碰、碰、碰的聲響，然後在燈光前站住不動。眼睛透過緊貼在頭髮和罩袍領子上凍結的霜向前凝視著，頭抬不起來、抱在胸前的雙臂也無法鬆開，更無法開口講述那已滲入身體裡的寒冷。

那兩個男人立刻行動起來，將他帶進溫暖的廚房，讓他坐在火爐前的一張椅子上，動作輕柔小心不讓他擦破皮、甚至弄斷凍傷的肢體。一張用火暖過的毯子包著他，熱咖啡倒進杯子裡帶到他唇邊，微微傾斜，一點一點讓他喝下去，直到他終於可以開口，講述整個事情發生的經過。

他的雙腳還有小腿，像僵死的東西，非常堅硬而且如大理石般蒼白。看起來真的很糟糕，但一定要做些處理。廚房裡有一桶五加侖的燈油，在室內的熱氣中變得溫暖。男人從倉庫中拿出一張大盆，放在火爐邊的地板上，然後將奇瑟姆的腳放進盆內。再將燈油小心地倒入盆中，其中一個男人跪在盆邊開始用溫暖的油幫奇瑟姆按摩雙腳和腿。手輕輕捧起油，再從僵硬的膝蓋慢慢往下揉，讓皮膚和麻木的肢體變柔軟。

一個小時過去，又過了一個小時，兩個男人交替進行那個跪在盆子邊的工作；他們持續地按摩和房子裡的溫暖終於起了作用，奇瑟姆的臉和身體開始有了血色。慢慢地，感覺也回到他的腿和腳，然而帶來的是劇烈的疼痛。

「嗯，你們知道嗎？」埃里森把萊姆酒瓶抓在手中，「當他的腳再度有了感覺的時候，要兩個男人一起將他按在椅子上才能阻止他跳起來。他哀嚎呻吟著，像瘋了般抵抗，但他們還是救了他。我跟你們說，老奇瑟姆還真他媽的幸運，雖然少了幾個腳趾頭，但他一直到死都還是可以用那兩隻腿和腳走路。」

萊姆酒瓶立在桌上，就在我們眼前，褐色玻璃瓶內深色的液體顯然已經少了幾個拇指的高度。埃里森隔著那張反光的油桌布，用他那隻完好的眼睛盯著我們，感覺他已經把故事的結局講完了，雖然唇上還留著一絲意猶未盡。故事到此為止，信不信由你。

時間很晚了，將近午夜，埃里森打了個哈欠，然後將椅子向後推開。他必須去提一桶煤炭，檢查過夜的爐火。馬文也覺得該是離開的時候了，而我差不多要出發走一哩半的路回山上的家。

我們全都站起來，拿起我們的手套和大衣，埃里森跟著我們走出門外，提著瓦斯燈和一個空的煤炭桶。

當門打開，一陣冷空氣從黑夜裡灌進來，我們在門廊上站了一會兒眺望星空，真是一個清朗的夜。氣溫大約零下十度——不算太差。「到目前為止都算是相當不錯的冬天，好樣的！」

「晚安，比爾。晚安，海恩斯。再見囉！」埃里森的話一落，接著就是鐘子插入石礫般結冰的土壤中發出的嚓嚓聲，只看見瓦斯燈下一個笨重的身影在煤炭棚邊彎著腰，手臂和身體慢吞吞地上下動作著，整個人只剩下雪地上拉長的影子。

馬文用清醒的嗓音跟我道晚安，然後穿過馬路，手電筒的燈光照向前方，穩健的走向他的小木屋、那距離河邊大約四分之一哩遠的家。

我則開始往另一個方向走，朝班納河的方向走進雪光映照的黑夜；在星光下，雪隱約地閃閃發光著，理查森山陰暗的峰頂高高矗立在我前方。我的麂皮鞋輕柔地踩在路邊的積雪上，發出嘎吱嘎吱的聲響。這個夜裡沒有其他聲音，全然寂靜，連風都無語。

走出影子

我正在前往小屋溪（Cabin Creek）的路上，沿著雷德蒙引水渠小徑走的話約八哩路。我打算快速完成這趟兩天一夜的行程，只為了我們的狩獵小屋作季節性的整備修繕工作，順便看看那附近有沒有藍莓可以在夏末採收。

我帶了一隻年紀最小的狗陪伴，牠是隻母的哈士奇，名叫娃娃。快要兩歲，是隻安靜、警覺又聰明的動物。牠很高興可以被選上，又有自己的自由時間，所以一路都跑在我前方，左右甩著那毛茸茸、灰白相間、蓬鬆的尾巴。

我背上的背籃裡，裝著一把小斧頭、一些食物，還有一件舊毛衣可以在晚上穿。另外我還帶了兩支來福槍中的其中一支，加上一支老舊的八厘米口徑曼利夏卡賓槍（Mannlicher carbine），那是從地方上一位老住民那兒繼承而來的，它曾在第一次世界大戰時被德軍用來當做武器。有傷痕累累的槍托和磨損的槍管，但它又小又輕，很容易攜帶。

我們趁著清晨涼爽的天氣，一大早就離開家。現在已經走了五哩路，太陽高高的升起，照耀在我們背後雷德蒙溪上方、斜傾的河階開闊地上。這個上午既清爽又溫暖，而這裡一如以往。路面非常溼，腳下的青苔和深色草地，仍然浸在春天滿溢的逕流中。蚊子和各種叮人的小蟲從青苔裡冒出來，形成一團不斷變形的烏雲圍繞著我們。

當我們繼續前行，繞過一個接一個由融雪匯聚成的黑水塘時，我腦子裡想著許多事：想著即將來臨的夏季，想著可以開始釣魚，還有希望夏季栽培的菜園可以成功，然後在不久之後又要迎接打獵季節。一路上，我順道留意上一個冬季設置陷阱的地方，包括一個堆了枝條和木棍的遮棚，還有每隔一段距離，在靠近路邊的雲杉低矮的樹枝上，都掛有一個生鏽的捕貂陷阱，用作拴扣的小木棍也綁在一起。

這是一個副北極山區地帶標準的夏日，一隻狗伴隨著我，獨自穿越這擁有溪流、山脊和分水嶺的荒野。北方可以看見班納穹頂高聳、棕色的陡坡，我對這一切實在熟悉得就像自家後院一般。所有不斷變化的地景特徵對我來說，都像是我自己書寫下來的記號。

在冰河溪（Glacier Creek）上游，我們繞過被濃密的雲杉林包覆的陡峭山頂，在一個我保留在山腳的儲藏所稍作休息。三年前的一個晚秋，我們來獵麋鹿的時候曾在這裡紮營。而現在在一棵樹下，營帳的地釘仍然躺在當初我們留下它們的地方。對我來說，回想曾經發生過的事並不是難事：帆布帳篷灰色的斜頂、從爐子煙管冒出來的煙、還有風中的飄雪。有好幾個星期，這個營地就是我們的家。那時娃娃還沒出生呢。現在，我抬頭確認牢牢架在三棵雪杉中間、作為儲藏所遮棚的狹窄木板，六個獸夾掛在其中一棵樹幹的長釘上。當初支撐營帳的脊架和框架捆在一起，立著靠在儲藏所裡以保持乾燥。所有東西都跟上次我離開的時候一樣，而我記得上一次是跟著我的狗群乘雪橇前來，那天下了季節裡最後一場雪。

我們離開儲藏所，繼續沿著山徑往下前往溪邊。灌木叢非常茂盛，有濃密的矮型黑雲杉混雜著赤楊；山徑彎彎曲曲，讓我沒時間抬頭注意三十呎以外的狀況，娃娃跑在我前面，已經不見蹤影，可能正在某個岔路等我。

當我終於走出樹林，來到溪流上方開闊的河階地時，看見娃娃正坐在前方河階的邊緣。再往前，山徑就會一路往下通到溪邊。牠的耳朵機靈地向前豎起，非常專注地看著溪裡的某個東西。

當我終於走到牠身邊的時候，看見了牠正在注視的東西。不到二十碼遠的地方，在溪谷地上，一叢叢茂盛的夏季花草、灌木和被冰壓彎的柳樹叢中，一個龐大的棕色動物露出肩膀和背部。牠在溪谷中央的一個將水道分為兩邊的島上，慢慢往下游移動。

一開始我以為那隻動物只是頭年輕的麋鹿，走在低淺的水道上吃新鮮的草和水生植物，然而牠那龐大的體型和走動的方式，總讓我覺得不是那麼熟悉。接著，那隻巨獸的頭終於出現在我的視線中，我看見牠肩膀上棕色隆起的肌肉，走路的時候不時地抖動著。那是一頭熊，比任何一隻我在這區域裡看過的熊還要巨大，只要你看見那沉重的方形頭和肩膀上的隆起，就知道我們遇見的是一隻灰熊。

我與待在腳邊的娃娃站在那裡不到一分鐘。看著草叢中巨大的灰熊就在我們下方，慶幸自己不是帶著另一隻狗來，因為牠一定會立刻吠叫且衝向溪邊的那頭熊。我很欣慰身旁這隻安靜又聽話的小動物，只是坐在我腳邊，豎起肩膀上的毛髮，鼻子不斷抽動嗅聞著。

如果那一刻從我站的地方拿槍射擊的話，應該很容易從側面射中灰熊的胸部或肩膀，我也許能夠當下在原地殺死牠，但我不想留下一隻死熊在溪中任牠腐爛。何況我們離家太遠，除了取下一小塊肉帶走之外，根本無法將牠運回去。

我站在原地，用很短的時間想一遍我可以做的所有選擇。我們無法下到溪邊，沿著小路走到對岸，那隻熊現在已經完全擋在我們要走的路徑上；我們也可以待在原地等待灰熊往下游離開——如果那是牠要前往的方向，然而娃娃可以在這麼長的時間內保持安靜嗎？

我也想過離開這個現場往上游走一段路，到差不多夠遠的距離後再渡溪到對岸，這樣就不會驚擾到灰熊。這個方法必須快速且安靜的執行，因為灰熊隨時都有可能發現我們，或退場時發出的聲響會驚動到牠。在危急的狀況下，附近沒有夠大的樹讓我攀爬，而這潮溼又軟綿綿的地面，讓我們無法快速逃離一隻被激怒的灰熊的追趕。我眼前唯一的勝算就是站在比牠高的地方，而牠還沒察覺到我們。

但是很快地這隻灰熊就讓我沒得選擇。不知道什麼東西出現在我們這一側的河岸邊，並發出一些聲音，讓灰熊驚覺自己並不是單獨在這裡而改變了心意。牠停止覓食，頭抬了起來，然後快速地在草叢中移動，朝我們這個方向過來。現在牠整個形體出現在眼前，僅僅不到五十呎遠，並且不斷拉近我們之間的距離。

在我驚慌失措中，那隻灰熊已經漸漸逼近，比任何我遇見過的黑熊或公麋鹿還要龐大和具有威脅性。我已經準備要開槍了，但是一轉念，我想自己也許可以嚇嚇牠，發出一些聲音或動作，讓牠害怕而退回森林裡；手裡拿著槍，我將雙臂高舉過頭——現在回想起來覺得自己當時的動作實在很可笑，我揮舞著雙手，在那厚厚的苔地上跳起舞，一邊跳一邊大吼大叫。然而這些從寂靜中突然發出的吵鬧聲，反而讓那頭巨獸驚慌，牠邁開大步奔跑，直直往我們這裡衝來，而且已經到了我們下方的河岸。我將來福槍抵在肩膀上，急忙瞄準灰熊頭部下方、毛茸茸沉重的胸膛，然後開槍。

聽到槍聲，灰熊突然在幾呎外停了下來，牠用後腳站立，高高的站在我們前方；我快速地瞄了一眼，看見那結實挺拔的身軀，喉下方有一塊毛是淡色的。兩隻前掌高舉，擺出一個防禦的姿態；我看見那粗鈍的鼻子，還有突然大開的嘴，灰熊發出震耳的怒吼，頭擺向一側，試著要去咬牠前胸的某處。我已經準備好再開一槍，那一刻，我應該可以直直射中牠粗壯的頸部或上胸膛。然而不知為何，在那緊張的一刻，我又再一次停止射擊。

灰熊的前腳回到地面，轉身背向我們開始用全速奔跑，牠衝向草叢和灌木，扯散一地樹葉、溪裡的水花飛濺。我看著牠爬上河對岸然後消失不見，接著從對岸聽到一陣乾赤揚木斷裂的聲音，然後一切又沉靜下來。

我站在這一岸的高處，半舉著來福槍，仔細聽著。當一切突然靜下來，我才發現自己的心跳正大聲地碰、碰、碰撞擊著，壓過底下細細流淌、平靜的溪水聲。我聽到一個低聲的哀鳴，然後往下看一眼，整個過程中娃娃都一直安靜地蹲坐在我腳邊。但現在牠毛髮全部豎直了起來，用鼻子不斷在空氣中搜尋，試著嗅出那突然出現又消失無蹤的龐然大物。

我離開山徑，往上游走了一小段路，來到一棵長在河岸邊、笨重彎曲的雲杉樹旁。它跟附近其他的樹木一樣大，但不知道為什麼我就是覺得靠近它，可以讓我心裡比較舒服一點。我卸下背籃放在腳邊，來福槍靠著樹，然後試著在襯衫口袋裡找出菸草和菸紙——那些日子裡我偶爾會抽菸。我用顫抖的手卷了一支菸，點燃，然後默默的抽著。

一切都發生得太快，也許從我第一眼看見灰熊到整個過程結束根本不到三分鐘，但直到現在，我才有空去思考，也才恍然大悟自己有多幸運。如果那隻灰熊沒有停下來，第二發子彈也許會殺了牠，但如果牠沒死，那麼我絕對不可能逃過一劫，至少會受非常嚴重的傷。

不過我知道自己在當下那混雜著興奮和猶豫的狀態，絕對不可能轉身逃跑。出於某種執拗的理由，我覺得自己就是有權力待在那裡，也許那是一種令人費解的驕傲，我會站穩腳跟、開槍，然後盡我所能擊退那隻受傷的熊。即使最後把槍當作棍棒來抵抗。在那種狀況下，我非常有可能會被殺死，或者受重傷。如果沒有其他人的幫忙，我就回不了家，而這附近，根本不可能有任何人來幫忙。等到別人來找我的時候，應該已經過了好幾天。

我站在那裡，抽著菸，慢慢找回內在的平靜。我聽不見河對岸的樹林裡傳來任何聲音，而河岸低處蔓生的灌木叢中也看不到任何動靜，下方的草叢更無聲無息。我不時往溪流上、下游的那些柳樹和赤楊叢中眺望，一直到視野所及最遠的地方，什麼都沒看見。

我不知道那隻灰熊到底傷得多重，也許牠現在已經倒地死了，或是只受了傷，躺在靠近山徑的灌木叢裡，蓄積體力等待我經過；在這種時刻，各種狀況和可能性都很容易被放大，而恐懼以千百種樣貌浮現。

我抽完菸，拿起背籃和來福槍，知道自己應該要下到河床上，去沙地和草叢中搜尋血跡。無論我發現了什麼，都會跟隨灰熊的路徑跨過溪進入對岸的樹林裡；對我來說最重要的，就是在前往小木屋的途中不再惹什麼麻煩，但首先我必須去確認那頭熊的狀況。

我又等待了幾分鐘，然後，帶著腳邊的娃娃轉回山徑上，我們開始下坡走向溪邊。

當我們來到最底下的河岸邊，我一下就發現了灰熊在我開槍射擊後停下腳步的地方。牠巨大的腳印深深陷入潮溼的沙地，在水道的邊緣，灰熊長長的腳爪和肉墊留下清楚的輪廓。

我開始緩慢而安靜地追蹤灰熊的足跡到草叢中，不時停下來環顧四周，確認草叢上方和灌木叢之間的動靜。在沙地和泥濘的草地上，我盡量追蹤牠的腳印，而在沒有腳印的地方，我就檢查彎折或斷裂的草作為指引，試著找到灰熊穿越的通道。我走著，身體半蹲著檢查地面，仔細察看每一根草和柳樹的葉子，但我仍然沒發現任何血跡。

我們繼續在草叢和灌木林中穿梭，跨越寬廣的河道後又回到小徑上，爬上淺水岸，進入樹林。娃娃一直跟在我的腳邊，有時候會緊靠在我的腿上，牠肩膀和脖子上的毛髮仍然豎直著，左顧右盼盯著兩旁樹林裡的動靜。喉嚨不時發出微弱不安的聲音，半低吼半哀嚎著。

當我們爬上河岸進入樹林時，被樹冠層遮蔽陽光，顯得相當陰暗的樹林，實在太毛骨悚然。我停下腳步，環顧四周的樹木，想要找尋任何最微弱的動靜或聲音：一隻受傷的熊、一個吼聲或任何跡象。然而在那荒野中我完全找不到任何地方有發出聲響，除了我們後方潺潺溪水輕柔的水流聲，以及河道中的某處傳來狐紅雀的鳴叫聲。於是我們繼續往前，沿著山徑、繞過一個彎曲的支流形成的峽谷邊緣。

為了跨越狹窄的峽谷，我用雲杉的樹幹建造了一個簡單的橋。來到對岸之後，山徑開始往上游延伸，穿過一個沼澤就抵達卡賓溪（Cabin Creek）。

當娃娃和我過了橋之後，我又一次停下來。因為看到這裡有一條舊的獵徑，布滿青苔，與我們這條雪橇走的小徑交會，然後彎彎曲曲的一直往下游延伸出去；我猶豫了一下，到目前為止沒有任何證據可以確認那頭熊受傷了。這讓我實在無法接受，於是我踏上那條獵徑，開始小心巡視下游的樹林，那也是我最後看見灰熊消失的地方。一切都那麼無聲、靜止不動得讓人感到詭異，我總覺得在那昏暗的赤揚、柳樹和矮樺木糾結的樹叢中，灰熊一定躺在某處聆聽我們的動靜。我彷彿身處一個戰爭的場景，那無限蔓延的不安，將陰影和日光分隔開來。我有種強烈的感覺：自己正被一個看不見的敵人注視和監聽著，每一個枝條折斷的聲響或樹枝搖動看起來都像是一種信號。

經過大約二十分鐘自認非常仔細的搜尋後，我又回到原來的山徑上。因為沒有發現任何血跡或其他證據，我覺得那隻灰熊應該沒有傷得很重，便決定不再繼續搜索；娃娃跟在我後面，我們繼續往前走。經過沼澤，慢慢往上爬，到達分隔冰河溪和卡賓溪的鞍部。我們走得很小心，偶爾會停下來，往身後確認一路走來的山徑上的狀況。當我們離之前的溪流很遠後，娃娃才終於拋開恐懼，走到我的前方。

現在想想，我覺得當時子彈可能只是擦過灰熊胸部的下方。因為那時候我是從高處往下射擊，也許瞄準得過低。畢竟我的老卡賓槍的準星很多年前就壞了，當時只是臨時焊接一下，因此射擊的瞄準並不是在最佳狀況。

很顯然我射得太低，而我使用的兩百三十克子彈，頂多讓灰熊感覺一點刺痛。如果牠真的中彈的話，一定會在某處留下血跡，而現在樹林中也一定有隻死去或正在死去的熊。當我們開始下坡、距離小木屋剩下最後半哩路時，我開始覺得放心多了，很高興自己沒有丟下一隻嚴重受傷的動物在森林裡，也很高興我們一路走來完全沒有再惹任何麻煩。

晚上我們在小屋裡過夜，我餵了娃娃，然後砍了一些木柴，下午時我還處理了一些關於小木屋修繕的雜務。去溪裡取一桶水的時候，我發現岸邊一個覆滿青苔的小丘上，懸垂著許多灌木，其中有些還沒熟的藍莓，稀稀落落地散布著，看起來實在不值得刻意走一趟去採收。當傍晚的暮色在山嶺上變得更深、空氣也變得更涼的時候，溪對岸山坡上的一棵白楊樹，傳來一隻畫眉鳥盤旋昇揚的歌聲。除了紗門上蚊子不停的吵之外，在卡賓溪邊的山地上，一切都非常寧靜。

第二天早上，我再次確認小木屋的狀況，以便夏季結束之前還能再回來使用。在門前我用非常堅固的柵欄擋住，兩扇窗放上厚重的遮板，用釘子釘牢。在午前，娃娃和我就出發回家。

當我們下山來到冰河溪附近的沼澤地時，娃娃又退到我的後方、拒絕跑在前面。我安靜地走著，來福槍的保險關著，而我的手指半扣著板機。再一次，我觀察著灌木叢、仔細聽著小徑兩旁是否有任何細微聲響，但除了夏日陽光普照的寧靜空氣外，什麼也沒有。

我們過了溪、跨越小渠道、撥開草叢前進，抵達對岸後又開始往上爬。當我們來到河階地的頂端時，我往地上看了一眼，就在小徑中央，幾乎是昨天我對灰熊開槍射擊所站立的地點。有一團新鮮的灰熊糞便，一旁躺著來福槍射擊後落下的彈殼。

我靠近查看那團糞便，含有一些沒有熟的藍莓、種子和其他東西，它還是潮溼的，但已經不再溫熱。娃娃聞了聞，然後脖子和肩膀上的毛又豎了起來。有一刻，我的不安又回來了，模糊而顫慄地覺得自己正被監視和跟蹤著。灰熊還在附近，還好好地活著，危險嗎？我實在無從得知。

前一天那隻灰熊可能沒有跑太遠，而是找到一個地方躺下來舔傷口，一邊對這突來的傷害源頭感到困惑。牠應該聽到我們繼續沿著小徑走，聽到我在草叢裡穿梭的所有聲響，而且注意我們搜索行動的每個細節；也許過了很久之後，到了晚上，牠才從躲藏的地方出來，從那夜間涼爽的陰影處回到小徑上。牠站在我們曾經站著的地方，低下牠那毛茸茸、巨大的頭聞著青苔和潮溼的深色草地，試著用模糊的感受去給這一切下一個定義，然後一輩子都記住。

我回頭俯看河床，看著剛剛走過的草叢和灌木，然後再轉頭眺望前方那些包圍著小徑、粗壯的矮黑雲杉。如果灰熊還待在濃密樹叢中的某處，撫平牠的傷口和脾氣，並等待機會報復，那麼牠應該有機會得逞。

但是當我們沿著小徑繼續往前的時候，沒有任何復仇和血腥事件在森林中發生。這條經過雷德蒙的回家之路、翻越山頂農莊的漫長上坡路途中，不再有任何意外發生。我們像往常一樣開始下山，迎向陽光普照、河流與公路並行的壯麗景色及家中狗群激動的吠叫聲。我有了一個很精彩的故事可以訴說，而娃娃也因為牠聰慧的行為得到讚美和獎勵。

在這之後，我沿著這條山徑徒步前往卡賓溪好幾次，也有很多沿著冰河溪台階地打獵的經驗，我們卻沒有再遇過那隻灰熊。在夏末初秋的時候，偶爾會在山徑上發現大坨藍色的糞便，證明這個區域確實有隻熊，但這也就是全部的發現了。

從前我在森林裡遇見動物時，從來都不曾感到驚慌失措，而在灰熊事件後，我也不再有驚慌的經驗。許多年後，當我想要寫這個故事時，曾為自己的歷險過程編排了另一種結局：我仔細描述灰熊如何在肺部受了重傷，躲在溪流對岸的灌木叢中等待。當我和娃娃沿著小徑繼續前行，灰熊突然從躲藏的地方衝了出來，口吐白沫、大聲怒吼，然後把我撲倒。

在一陣混亂和驚嚇中，我和那隻熱血沸騰、毛皮濃密的巨獸抱成一團，所有我童年時期對於荒野生活的夢想、所有關於勇氣和冒險的想像，都在這令人害怕的最後擁抱中浮現。

我仰躺在小徑上，憤怒且受傷的灰熊就站在我的上方，驚嚇之後，我馬上試著伸手抓住我的來福槍。雖然還在錯愕中，而且看起來慌亂盲目，我還是舉起了那隻古董武器的短槍管，朝灰熊的喉嚨發射最後一顆子彈。隨著槍聲在我耳中響起，我也失去了知覺。

也許經過一個小時或只是幾分鐘後，我醒了過來，頭暈目眩，坐起身，從那些看似纏住我的東西中掙扎著脫身：我的背帶、殘破的衣服，還有一些折斷的灌木樹枝。感覺像在炫目的陽光下，刺得兩眼都看不清楚地，從遠處眺望著自己和周圍的一切。我還活著，雖然全身麻木、腦袋裡嗡嗡作響。四週一片寂靜中，我知道自己受了傷，臉和頭上有嚴重的抓傷和咬傷。娃娃不知去向，而在距離我不遠的地方，灰熊倒地死了。

然而即便我受了重傷、全身僵硬且流著血，我還是找了一支乾樹枝作為拐杖，設法回到家。滿佈著創傷和疤痕，我的臉就像贏得一場硬戰得來的徽章，而我撐著殘破的身體走完餘生，證明自己是經歷駭人而真實災難的生還者。

獵捕豪豬

我從來沒吃過豪豬，畢竟在這裡，隨著季節不同，有豐富的肉、魚、莓果和各種菜園裡收穫的食物，讓我們沒有必要去捕豪豬來吃。但無論如何，我們必須要有食物可以餵狗。當沒有魚可以捕的時候，鍋子裡顯得很空，如果可以有些肥肉加菜的話實在大有幫助。

在這個富饒的內陸地區，夏季時，萬物甦醒、繁衍生息，一切都顯得蓬勃豐盛，因此並不難發現豪豬。甚至偶爾在傍晚的時候，牠們會跑到我們的院子或菜園裡，慢吞吞地在地上拖曳著，進行牠們盲目卻神秘的旅行。通常發現豪豬的都是家裡的狗，在自由活動的時候找到的。我們會先聽到房舍下方的溪流附近傳來一陣猛烈的吠聲，然後一隻狗慘兮兮地回到家，鼻子上插了一堆針刺。當我循著狗的路徑走進森林，就會發現那溫和地防衛著自己的小動物，仍然堅守著陣地。這時，只要在牠那裸露的黑鼻子上用力一擊，就足以置牠於死地：原本堅實挺立的針刺慢慢癱軟鬆懈下來，黑色眼珠裡的光，漸漸變得昏暗。

當豪豬死了之後，就要開始準備取牠的肉。那些針芒，像箭一般銳利的刺，對狗和其他略食者來說是致命的，必須先去除。而有一種方法可以辦到。每一種事物都如此，你總是可以找到一個最適當的方法來應對它。很多年前，我從佛萊德．坎貝爾那兒學到如何烤豪豬。地點在他的湖畔營地，遠在理查森後山上的水源之處。

當時我們捕到一隻肥碩的豪豬，那是前一晚從麥考伊溪回小屋的路上發現的，我們聽見佛萊德的狗在我們前方某處吠叫，知道牠們要不是遇到熊就是發現豪豬。光憑聲音，我實在無法分辨到底是哪一個，但佛萊德從叫聲喧鬧刺耳的強度，猜到應該是隻豪豬，而且狗群已經將牠圍在角落了。

有一種很難得的狗，可以在一些特定的狀況下，精確地知道自己應該做什麼，而佛萊德就擁有這樣的一隻狗。牠是一隻長相醜陋、身上傷痕累累、名叫朱蒂的母狗。牠總是帶著一種明確的目的性行動，似乎知道眼前的動物遲早會被殺。而殺死牠，就表示有肉吃。所以牠總是會設法將豪豬逼到角落，並等待佛萊德前來。

我們發現那隻豪豬將頭低下，以身體後方那布滿針刺、強而有力的尾巴面對亢奮的狗群來保護自己。其中一隻較年輕的狗已經中了幾隻刺在鼻子上，而聰明的朱蒂，遠遠站在不會被攻擊的距離之外，吠叫並等待著。

佛萊德用他的拐杖往豪豬頭上用力一擊，就將牠殺死了，然後在原地翻過來開腸破肚，用小刀將肝臟挑出來，分成許多小塊丟給他的每一隻狗吃。最後將其他內臟高高掛在一個狗搆不到的樹枝上——似乎是因為腸子裡充滿各種寄生蟲，最好不要讓狗生吃任何部位。

我們幫其中一隻狗拔掉鼻子上的刺，然後開始打包。那隻豪豬雖然已經挖出了內臟，但裝在佛萊德的背籃裡仍然太重。那一整天夠折騰了，但由於當時快到達營地，而這些肉也正滿足所需，所以還是背回去了。

第二天，佛萊德從小木屋的屋頂上取下那隻豪豬冷卻的身體，那是他前一夜儲藏在上面的。我很好奇他怎麼去除那些針刺，將肉餵給狗吃。我大膽地說出自己的意見，認為剝皮的過程應該麻煩得要命。佛萊德只是哼了一聲，然後要我看著——如果我想學習的話。

他開始在小木屋前院的草地上刮除一塊草皮，露出底下砂粒狀的土壤，然後收集一些乾樹枝，用一條樺木樹皮將樹枝綑成一個火堆。當一叢樹枝中竄出火焰的時候，他將豪豬放在火堆上。很快地，一縷縷黃色和白色的煙升起，同時傳出毛髮燃燒產生的酸臭、刺鼻味。

佛萊德調整火堆上豪豬的位置，稍微將它提高一點，以免熄了火。那些針刺烤焦之後，他拿起一根短棍，開始敲打那些燒焦的部分，直到針刺脫落乾淨為止。然後將豪豬翻面，讓另一邊的毛和針刺在火裡燒烤，隨著火焰溫度升高，厚皮裡的油冒著泡泡滲出，滴入火堆中，火焰不斷竄出，火勢也變得更強烈。

那些沒有被拴住的狗，開始在不斷變換方向的煙柱周圍，繞著圈圈踱步，等待一塊烤好的肉丟向牠們。其他被鍊子拴在狗屋上的狗，則用眼睛緊追著各種細節。牠們眼中的火，似乎要隨著火堆的烈焰一起爆發。

就這樣持續下去。需要的時候，會加一點柴增加火力，豪豬的屍體在火堆上翻過來再翻回去。用木棍敲打烤焦部位的動作也不斷重覆著，直到所有的毛和針刺都燒乾淨，而烤得焦黑的身體變得光溜溜。

當針刺全部清除，佛萊德將豪豬屍體放在一個木塊上，拿起一把銳利的斧頭，將上等的肉和骨頭剁下，放進五加侖的錫桶內，充當煮狗食的鍋子。然後將豪豬剩餘的部位放回屋頂上，讓狗沒辦法搆到。接著，他開始煮肉和骨頭，並加入玉米粉，讓肉湯變得更濃稠，最後成為一鍋豐富營養的粥。煮好之後，他將桶子放在一旁冷卻過夜，明天就可以拿去餵狗。

有了那天下午的經驗，我住在森林裡的往後這幾年中，除了享受各式各樣豐富的物產外，也烤過好幾十隻豪豬。我在院子裡用乾樹枝建造火堆，用我學到的方法將那些針刺燒焦、再用木棍敲打乾淨，我的狗都坐在一旁觀看整個過程。

豪豬肥厚、肌肉發達的尾巴，是脂肪最佳的來源，而一隻成年的豪豬可以吃上好幾天。剛開始燉煮的時候，肉的味道非常強烈，同時還混合著燒焦毛皮的味道，但過了一會兒，味道就會變得好多了。冒著蒸氣的鍋子裡升起濃濃的香氣，玉米粉混合著肉和油脂，冒起了泡泡。

你可以說這整個過程粗俗野蠻，但其實從另一個觀點來看，它同時也具有奇特的神聖性：燒烤針刺的過程像某種儀式，代表我們終於安然度過、並保存了那些季節。當我回頭去看的時候，我把它當作是一種為了記憶古老的森林神靈而做的獻祭，整個過程的細節很簡單卻精要：點燃樹枝做的火堆，讓嗆人的黃、白煙從燃燒的針刺中升起，大鍋在一旁準備，乾淨的斧頭等待著。豪豬燒焦的味道散去之後，連續好幾天，濃厚豐富的肉湯香氣，會徘徊在整間房子和院子裡，久久不散。

三日

第一天

某個一月份的早晨六點鐘，我醒來，看著頭上的一片漆黑，然後望向開始變明亮的窗戶。仔細聆聽，外面的世界沒有任何聲音傳來，連風都很安靜。

我從床上起來，舒展僵硬的身體，喬（Joe）臉朝著牆壁，在那張大羽絨被中熟睡著。我拿起手電筒走到窗邊，看了看窗外的溫度計：零下三十一度。天氣清朗、沒有月光，距離天亮應該至少還要三個小時。

我穿上外套和一雙拖鞋，走到門外，門的鉸鏈因為結凍發出嘎吱的聲響，而門把也非常冰冷。我們的一隻狗從窩裡鑽出來，站在院子甩甩身子，弄得鍊子喀噠喀噠響。

天上的星星非常明亮。獵戶座已經從西邊落下，北斗七星也已經轉向，而大角星升到山頂上。天空和雪都映照出許多光線，所以我可以清楚看見房子下方河道的輪廓，和包圍在我四周的深色山脊，空氣非常清澈透明。今天應該會是個好天氣。

我在門廊上撿了一些木柴然後回到屋內，把木材攤在火爐旁的地上，走向南面窗戶旁的桌子。找到火柴，把煤燈點燃，我慢慢調亮燈蕊的火焰，讓玻璃燈罩溫熱起來。

房間裡變亮了，光線從窗戶的玻璃和那個白色琺瑯的洗臉盆折射出來。我打開火爐的小門和煙管上的風門，用一根長火杵伸進大燃燒室，把一些仍然燒燙的煤炭往前撥一撥，將一個引火小枝放到炭上，添加一些乾燥的雲杉木片，最後放兩、三個乾木材在最上面。我關上火爐的門，把通風口打開，空氣馬上從通風口的洞吸進去，沒多久火就燒起來了。木柴發出劈啪劈啪的聲響，我從手邊的桶子裡取些水將茶壺裝滿，放到火爐上，沒多久它也開始唧唧地響。

現在喬也醒了，正試著讓自己醒來。我坐在床緣，試著整理自己的思緒，煤燈在這個小房間裡照出許多影子，而熱氣開始從火爐裡流瀉出來。

今天我要回到我們在班納穹頂下的小木屋，沿路查看我的陷阱。我已經超過一週沒有外出了，可以確定現在一定有捕捉到一些動物。當喬在準備早餐的時候，我開始穿著裝備，我們聊了一會兒，在這裡，早晨很安靜，而白天也是。

我在內衣褲外穿上厚重的羊毛長褲、兩件羊毛襯衫，通常在羊毛長褲外，我還會套上一件輕薄的棉長褲來防風和擋雪；接著穿上襪子——總共三雙羊毛襪、加上一雙毛氈襪套，放上兩層鞋內軟墊，最後穿上麋鹿皮製的麂皮鞋，將鞋帶在上方綁緊。這雙麂皮鞋舒適合腳，穿在腳上既軟又輕，是六年前，我用一張大麋鹿皮自己製作的。雖然現在已經磨損很多，但它仍是我擁有過最好的一雙鞋。

我走到外面的儲藏室，找到我的大背籃，然後開始打包。我會需要用到一把小斧頭、一些陷阱裝置，也許還要一些繩套；另外，我保存了一塊麋鹿肉乾——味道強烈，會是很好的誘餌。其他還有什麼？也許帶一些小屋裡用得到的東西——一個蠟燭、一些裝在瓶子裡的煤油，我將這些全部裝進我的背籃裡。

我們慢慢將早餐吃完，沒什麼事需要匆匆忙忙。早餐是半冷凍的藍莓加牛奶、燕麥片、麵包、還有大量的咖啡。我們聽著火爐和茶壺發出唧唧唧的響聲，像這樣的冬天已經過了多少回？每天早晨都是以這種安靜的方式開始——黑暗、火、煤燈以及在燈罩內跳躍的火光。我們又簡短地聊了一下，喬說明在我離開之後她會做哪些事，然後開始煮給狗吃的食物。木材還很多，我不確定什麼時候回來，三天之後吧，也許。

在七點半前我已經準備完成。我把所有的行李都集中在一起——最後把簡單的午餐及在小屋裡要吃的麵包放進去。我穿上那件老舊的綠色軍用雪衣，裡面還外加一層用釦子扣上的內襯。雪衣已經縫縫補補很多次，現在看起來幾乎像件手工製的衣服，連衣帽上縫了一圈寬而厚的毛皮鑲邊，可以幫我的臉擋風。我還另外帶了兩頂毛帽，一頂戴在頭上，另一頂收在籃子裡以備不時之需。我的大防寒手套也放入行李中，在剛出發上路時，我只需要戴一雙帆布手套。

我在門口說再見，然後開始爬坡往山上走，狗兒以為牠們也要一起去，其中四隻開始吠叫，拉扯鍊子等我幫他們套上鞍具。但今天我要徒步前往，我想慢慢走，四處看看並且設置一些新陷阱，我的狗總是走得匆匆忙忙。

我開始一段漫長爬坡，穿越樺木林前往山脊。山徑的前數百碼非常陡峭，但在那之後很快就變得平緩，然後轉向北邊、遠離河流。森林裡仍然很暗，但雪地上有光線，甚至比樹冠上的天空還要亮。每年這個時節，早晨和傍晚都來得很慢，暮色總是緩緩變化。我獨自一個人行走的時候，會帶著一根用樺木作的輕便手杖，需要將灌木叢上的雪撥開的時候，它總是能派上用場，而當我要渡溪時，可以用它來測試冰層是否堅固；如果發現陷阱裡的動物還活著的時候，可以用它給動物致命一擊。

這個冬天下的雪很少，地上頂多只有十吋厚的積雪，因此我並不需要穿雪鞋。踩在腳底下的山徑很堅實，而且很好走，然而走出森林後，積雪的表面是一層薄硬殼，地下很鬆軟。在幽暗的微光中，我看見積雪的表面布滿了乾燥、蜷曲的枯葉、赤揚及樺木帶著翅膀的小種子。

空氣貼在臉上顯得銳利，刺痛了我的鼻子，但很快地身體在爬坡中變得暖和起來。我敞開雪衣、將帽子往後推，脫下手套，將它們放進其中一個口袋，現在可不能讓身體過熱。

現在在我身後，偶爾可以聽到我們的狗哀傷的嚎叫聲，聲音沉入樹林裡，然後慢慢變得很遙遠。除此之外，這個早晨森林裡一點聲音都沒有，連樹木之間的空氣都不流動，除了偶爾某個東西突然啪的一聲悶響，然後聲音在森林裡逐漸收縮或擴散。曾經有一次，我在積雪很深的月光下走在這條山路上，當時樺木的影子映照在雪地，形成另一個清晰的森林，影子中重疊著影子，而時不時會有些東西在當中移動——兔子或山貓，或只是我腦子裡的一個幻像。

當我爬了一陣上坡後，來到一個捕貂的陷阱邊，這一季更早些時候，我曾在這裡捕到一隻貂，這個位置離家很近；但今早沒有任何收穫，在灰色的光線中，我可以看見沒有任何動物曾靠近這裡，陷阱四周雪地上的腳印都是舊足跡。

陷阱上的霜已經結凍了，在鍔夾、平板和觸發器上形成一層白色的厚殼，我把手套重新戴上，觸動陷阱，然後用木杖敲幾下，把霜拍落。

我有兩種設置捕貂陷阱的方式：一種是直接設在雪地上，另一種則是掛在木樁上、離開地面，稱為立式陷阱。要設置這種立式陷阱，我必須要選一顆年輕的樺木，在距離雪地上四呎高處鋸斷，然後把樹幹上部拉到數呎遠的地方，只留下木樁般的樹墩，在最上方鋸開一個切口，將一塊誘餌夾在上面，然後在距離頂端下來一點的地方設置獸夾，用一段細銅線或繩子綁緊、固定位置。這種立式的裝置在下大雪的時候很有利，當貂被陷阱夾住時，往往會懸吊在木樁上。

當陷阱恢復正常功能之後，我覺得很滿意，於是重新把它設置好，將纜線鬆鬆地綁在適當的位置。然後我繼續前進，以穩定的步伐順著山徑節節往上爬升，樺木林間吹起了風。

大約半小時內我就走出樹林，來到農莊後方綿延不斷、開闊且一覽無遺的山脊上；這裡的光線更強了些。往北邊眺望的話，可以看見一連串綿延的群山後方、冷藍色的班納穹丘高高隆起，看來我還有很長的一段路要走。

因為來到了山頂，我開始覺得冷，所以又把手套戴上，雪衣前的釦子也全扣上。當我步履闌珊地踏在輕飄飄的積雪上前行，才又一次細細體會了冬日早晨的清冷和寂靜。我的喘息在前方吹出一縷羽毛般的輕煙，除了腳下麂皮鞋輕柔的嘎吱嘎吱聲響，和木杖插入積雪的摩擦聲之外，四周一點聲音都沒有。

這個山脊就像個分水嶺，為我的領地劃分了界限；就某方面來說，我是真的擁有這片土地，以誠實的方式獲得，而且也是目前最老的居民。位於我的南邊、一直延伸到下方河岸的整片區域是最乾燥的山坡地，長滿樺木和白楊。而北邊往下一直到雷德蒙溪和班納溪的這片山坡，則是雲杉地帶，潮溼且滿佈青苔。許多年前剛開始在這裡定居時，山脊上都布滿了樹木，山徑彎彎曲曲穿越森林，中間穿插著許多我熟悉的小開闊地和野莓叢。然後八年前，一個架設輸水管的工程隊來到這裡，一路到費爾班克斯為止，沿途所有山脊、坡地上的樹林都被砍光。之後他們又沿著輸水管在旁邊架設了電纜線，從費爾班克斯延伸到三角洲。這些被砍伐清空的地方，長滿了雜草、赤楊和覆盆子，而管線都埋入了地下。現在山脊上風很大，路徑在下大雪的時候常常被掩蓋，所以動物們也很少來到這裡，我在山脊上完全沒有設置陷阱。

在森林邊緣，我看見一處雪地被踩踏過很多次，所以我轉到一旁去查看；麋鹿似乎在夜間曾在這裡覓食。許多較矮小的樹木頂端都被扯下、折斷或是被啃食過了，我還發現幾處被壓得很緊實的雪床，應該是麋鹿臥睡的地方，其中還有幾坨黑色、結凍的糞便。麋鹿應該就在附近，但牠們不容易被看見，可能正臥睡在森林裡。我靜止不動地站著聆聽，但什麼也聽不到。

我又連續走了好幾哩路，天色漸漸亮了，雪地也顯得更鮮明；現在我可以看見前方較遠處的山徑路線，沿著開闊的山脊稜線延伸出去，每隔一些距離就立了一根電線桿。隨著山勢起伏蜿蜒，最後一個爬升的山坡頂端，山徑突然轉向北方，再一次沒入樹林中。這一帶的地貌完全不同，森林變得更濃密、蓬勃，主要的樹種是灌木型的黑雲杉夾雜著赤楊，和一些較分散的樺木。山徑變得很窄、坑坑窪窪、崎嶇難行。在北向的坡面有較多的積雪，很快我就發現貂出沒的跡象。牠們有種獨特的行走方式，每隔一段距離，牠們的足跡就會與我的路徑交錯。

沒走多遠，我就發現一隻貂死在陷阱裡，牠已經結凍了，頭垂掛在陷阱的鐵鍊末端——這是一隻母貂，體形小，在脖子和肩膀上有一些暗橘色的斑點。在那被冰霜包覆而顯得皺縮的臉上，有著像面具般灰白的毛色。我將牠從陷阱上取出來，把這僵硬的身軀放進我的背籃裡，然後割了一塊新鮮的誘餌，重新設置好陷阱——既然已經捕到一隻貂，就很有機會再捕到另一隻。

受到這個好運的鼓舞，我心情愉快地繼續往前趕路，沿著山徑穿過森林，蜿蜒、攀爬，經過被風吹折的樹，還有那些埋在雪中、被火燒後漸漸腐朽的老樹根。一群樅樹雞突然從雪地裡飛到樹上，一陣慌亂的拍翅聲嚇了我一跳，接著又聽見咯咯咯的警戒聲。那群棲息在雲杉枝椏上的黑灰色大鳥中，有一隻穩穩地坐著，正用牠明亮的眼睛緊盯著我看。

在一個山丘的頂上，有群樺木零星分布，形成一個開放的小樹林。我在這裡站著休息一下，順便設置了一個陷阱；現在太陽已經完全升起，往南一路照亮了群山，樹林裡也更亮了。金色的光映照在藍白色的雪地上，連影子都發光，而只要有日光穿透森林照進來的地方，都可以看見冰霜的結晶在寧靜的空氣中閃爍。

這座山向北邊敞開，現在我可以更近距離地眺望班納穹丘那圓凸凸的山頂。在微弱的日光中，呈現玫瑰金色。後面聳立的薩爾查克特（Salchaket）山群，在日正當中的陽光照射下，顯得特別清晰。從這裡，只能看到我將要前往的小屋所在山丘的頂部，沿著山徑走的話還剩下六哩路。雷德蒙谷地和冰河溪現在都在我的腳下，還躺在冰冷、深沉的陰影中，一個月內，陽光都還到不了那裡。

這座山保留了一個儲藏所，那是一個五十加侖大的油桶，上面緊緊蓋著蓋子。許多年前，當時最後一場降雪中，我用雪橇將它載到這裡。它站在兩棵樺木之間，那銹鐵灰色的漆在樹林中顯得很突兀，但對我來說卻感到熟悉。在桶子裡面我放了幾個獸夾、一把備用斧頭，和一些緊急口糧罐頭以備不時之需。所有我儲存在那裡的東西都完整保持乾燥，而且不會被熊偷襲。

我把行李放下，靠在木杖上站了一會兒，不知從哪吹來的一陣風搖動著我頭頂上的樺木；我曾經有好幾次想在這裡建造一個營地，一個在這些樹下遮風擋雨的棚子。畢竟有些地方總是比其他地方更吸引我們，雖然通常我都不知道為什麼。但以這個地方來說，這裡有幾棵粗壯的樺木、樹林裡非常開放通風、視野好、而且樹下的藍莓叢在盛產時，我們還會特地來摘採。如果我要重新在一個距離較遠的地方拓展新生活、或建造一個家，這裡是一個我會考慮的地方。也許是因為我非常熟悉這裡，感覺我多少已經把它當作家了。

重新背起行李、拿好木杖，準備繼續前進。我終於戴上防寒手套，因為棉手套之前弄濕了，在手上變得又冰又硬。從這裡開始，山徑一路往北下降進入雷德蒙。這是一段彎彎曲曲的下坡路，經過樹形扭曲的雲杉開闊林帶，地面非常潮溼，而這也是一條最漫長的山路；當我開始往下走就遠離了日照、再次進入陰影中，積雪小丘上反射藍色的寒光，讓人一下子感覺更冷了。

我開闢這條山徑至今已經六年了。夏季時我們常在這裡散步，地面的青苔因此被踩踏磨損得很嚴重，而這個冬天降雪又特別少，因此這一帶坑坑疤疤的地形，讓徒步或乘雪橇行走都顯得特別困難。所以當我行走的時候，常常要從山徑的一側跨到另一側，在那些凹洞和突起之間跳躍，努力用我的木杖保持身體平衡；我保持一定的節奏前行，心裡有點擔心一天結束前是否能走完所有的路程。

當下山的路走了一半，我發現一個設置在雲杉下的陷阱裡又捕到了另一隻貂。牠仍然活著，在獸夾鍊子末端拉扯著並憤怒的咆哮，我在那裡站了一會兒，看著那隻動物。牠並不比一隻家貓還大，身體像蛇一樣長而柔軟，向我撲來時，好像試圖要咬我。

我放下行李，帶著木仗靠近牠，猛力一擊打在鼻樑上，牠顫抖了一下倒在雪地裡。我很快地將牠拉過來，用木杖壓著牠的喉嚨，一腳踩住木杖、另一隻腳踩在牠狹小的胸膛上，透過我的麂皮鞋底，仍然可以感覺到牠的小心臟在跳動著。當我彎下腰時，那隻貂突然清醒並試圖掙脫，不斷踢著四肢、扭動身體，但很快地，牠的心跳停止了，瘦長的身體也鬆懈下來。我移開木杖和我的腳，鬆開獸夾，將貂放到雪地上。那是一隻體型大的深色公貂，擁有豐厚的毛皮。

其實最好的狀況，是發現牠們時早已死亡而且結凍，我實在不喜歡以這種方式殺牠們。在這樣寒冷的天氣裡，大部分被陷阱捕捉到的貂都活不久，再過幾個小時，這隻貂應該也會被凍死。

我重新在樹底下設好陷阱，將它放在兩根乾燥的樹枝上，再佈置好牽動拴扣的小枝，當貂踩到它的時候就會被獸夾夾住。我切了一段腸子，大約在陷阱上方一呎左右的距離，用斧頭將它釘在樹上。為了防止鳥來吃誘餌，我砍了一些雲杉的粗枝插在雪地上，圍在陷阱周圍，僅留一個小的開口讓貂可以進出。最後，我用手掌收集一些新鮮、乾燥的雪，將它們灑在陷阱上。覺得一切應該都沒問題之後，我將貂放進背籃，繼續趕我的路，往山下走進寒冷的雷德蒙溪谷。

白日慢慢消逝，又過了一個小時、又走了一哩路。我一邊走著，一邊觀察雪，想要試著解讀那裡寫下了什麼。也許有各種動物族群的歷史：老鼠、田鼠、松雞、黃鼠狼、金翅鳥和山雀，有獵人也有獵物；有時在這裡急促奔跑、有時足跡在那裡突然停止——我不太明白為什麼，所以停下來觀察一下。不久後發現一個陷阱的獸夾已經合上，但裡面什麼也沒有；然後在另一個陷阱處我又捕到一隻貂，一隻公的，顏色深到接近黑色，今天真是幸運。

陽光已經從山頂褪去，我看看手錶，已經超過一點，但眼前還有三哩路要走。在這潮溼的溪谷底部，空氣感覺變得更冷，我沒有溫度計，但我判斷應該至少有零下三十五度。山谷裡有一種冰霧，那是一種飄在溪面上的薄霧氣，而這通常表示空氣已經快要凍到凝滯。

山徑上有些地方很滑，那是因為湧出的泉水從雪地上流過、然後又快速結成一種淡黃色的冰。我們通常稱它為「溢流冰」或「冰川化現象」，在冬天的時候很常見；當我經過的時候要非常小心注意，冰通常很結實，但冰跟雪交接的地方，有一些水份通常會在冷空氣中形成水蒸氣。我走路的時候必須用木杖確認，感覺在雪之下是否有更多的水。

有時在這種狀況下行走，一個恍惚或是誤判雪的狀態，就會踩破冰層，陷入深及半個膝蓋的泥濘水坑，通常我都會迅速的爬出來，因為穿了很多層襪子，所以幾乎不會讓身體弄濕。但儘管如此還是有危險，我可不想在剩下的路程中一路穿著結冰的襪子、褲子和麂皮鞋；今天我格外小心，只有一次，當我經過一段溢流的路段，回頭看時發現有些水從雪裡流出來，滲入我走過的足跡中。

暮色越過群山、穿過森林來到這裡，影子消失了。我在冰河溪匯流處、一棵雪杉矗立的地方又停下來休息一次，覺得已經餓了一陣子，所以我從行李中拿出一塊結冰的餅乾，一點一點吃著。因為沒有水可以喝，所以脫下手套，用手捧了一把雪，利用溫度將雪握成一塊冰，然後吸吮著。

五年前當我們來獵麋鹿的時候，曾經在這裡紮營，那是在小屋蓋好之前，也還沒開拓小溪對面的山徑。四隻狗跟著我們，就拴在這附近的樹林間，當時已經秋末，氣溫常常低於零度，但是帳篷有大帆布營幕遮蔽，還有一個鐵爐，所以夠保暖。當時的帳篷支架現在還立在這裡，隨時可以使用。而我們設置的儲藏所也還在，是一個架高在樹木之間的平台，就在我頭上約八呎高的地方。

我將捕到的三隻貂放進一個布袋裡，綁緊，然後高高掛在儲藏所的一個長釘上，等我回程的時候再來拿。

我拿起行李繼續下山進入溪谷——結冰的溪面沒有水，所以我可以保持乾燥地安全跨越，然後繼續穿過森林、沼澤，越過一個位於兩座山之間的低矮鞍部。現在開始感覺有點累了，但很高興已經快要接近終點；然後我看見貂剛留下的新足跡，發現陷阱裡又抓到一隻。

現在距離小屋已經不到半哩，我發現竟然有隻山貓被貂的陷阱捕到，而且還活著，它應該才剛被捉住不久，前肢的一個腳趾被獸夾勉強夾著。那隻野獸試著後退躲避我，蹲下來咆哮著，牠那黃褐色的大眼緊緊盯著我，突出一撮毛的耳朵往後貼著。

我把行李放下，小心地接近牠，當靠得夠近時，用木杖在牠頭上用力猛擊。牠受到驚嚇，整個縮在雪地裡，我將木杖轉了一個方向，用比較重的一端再次猛擊，然後又用力敲打了一下。直到山貓四肢癱軟鬆脫，我才確定牠已經死了。以這樣大型的動物來說，殺死牠們很容易，但我還是等了一陣子，確認牠已經死亡——我可不希望牠們在我手中的時候突然醒過來。

確認牠死了之後，我將牠從獸夾中鬆開，它是一隻公山貓，有淺色、上等的皮毛。我將陷阱掛在一棵樹上、背起我的行李，為這意外的捕獲感到開心。剩下的路程，我抓著山貓的一隻後腳一路拖到小木屋，在身後的雪地上留下一道血痕。

✦

第二天

小木屋隱藏在一片茂密的雲杉林中，位於高台地上、俯瞰一條毛刷般纖細的小溪。小溪在地圖上並沒有名字，但我自己稱它為小屋溪以標示這片開墾營地。海拔約一千七百呎高，從小屋往上眺望，可以清楚看見頭上數千呎高的班納穹丘的斜坡。

小屋的棚頂往北邊傾斜，結構低矮，精緻小巧地座落在雪地裡。面南牆上的窗戶上方，釘著一對麋鹿的鹿角，後面建了四間犬舍，每一間都有著積雪的茅草屋頂，一個儲肉架立在房屋的一側，高高搭在兩棵粗壯的雲杉之間，一個用乾燥木桿做的梯子就靠在旁邊的一棵樹上。在肉架上，掛著一個麋鹿的後腿肉，現在已經結凍，硬得跟石頭一樣，外面紮實地包了一層帆布避免鳥來偷吃。但我仍然發現那些常來營區掠奪的傢伙，早就在帆布上琢穿了一個洞，除此之外，沒有任何動物碰得到它。因為它距離地面足足有七呎高。

從我上次來這裡之後，什麼也沒有改變，也沒有再下新的雪。房子周圍到處都有松鼠和貂的足跡，其中有些看起來還很新，讓我覺得應該要在院子的某個角落也設個陷阱。

我將那隻死去的山貓留在屋子旁邊的雪地裡，晚一點我會來剝皮。先將木杖靠著門，將行李從肩膀上卸下來——長途跋涉讓我的身體有點僵硬，現在終於能夠讓背伸直，感覺實在很好。門邊的一個溫度計顯示現在溫度是零下三十度。

我打開門走進去，將行李放在床鋪旁邊。小屋裡很冷，幾乎跟屋外一樣，幸好爐子旁已經準備好樺樹皮和引火小枝。我很快就升起火，小小的鐵皮火爐一下子就燒得熱騰騰，我盯著煙囪管，確保它不會燒毀。

當小屋溫暖起來後，我脫掉雪大衣，將上面的霜抖掉，然後掛在一個接近屋頂的鉤子上。上次我離開前，留了一鍋燉麋鹿肉在爐子旁的地板上，現在我再將鍋子放回火爐邊緣，讓它慢慢解凍。

之後我會需要水，待在這裡的時候，我多半都會用桶子舀乾淨的雪、放在爐子上讓它融化。但整整一桶雪融化後得到的水並不多，即使將雪壓得很緊裝滿也是一樣，往往要融化好幾桶雪才能得到一或二加侖的水；然而今年的雪很淺，加上風吹，將小屋附近樹木的球果、毬花、灰塵都吹到雪上，所以雪變得很髒。

所以我想趁著光線還在的時候，拿著一個水桶和冰鑿前往小屋下方的一個小池塘。覆蓋在雪之下的冰很乾淨，在很短的時間內，我就鑿了一整桶的冰，雖然在冰下方也有水，但我從過去的經驗得知，冰本身比水還乾淨，而且有一種更新鮮的味道。

在走回去小屋之前，我站在原地將周圍冰天雪地的景色瀏覽了一遍，太陽很早以前就消失了。照在山嶺上的光愈來愈深，從黃金和玫瑰金色，慢慢變成一種深藍。而原本寒冷、靜止的森林、黑色的雲杉、柳樹和幾棵樹形扭曲的樺木，慢慢都被這片黑暗吸進去。我在這裡，完全寂靜和孤獨，站在這個小水塘表面的冰層上，感覺就像身處格林蘭的冰冠，只有頭頂藍色夜空的深處、遙遠的穹頂上，我才聽到一點點風聲。

我讓自己提起精神，帶著整桶的冰，開始往上坡走回小屋。在完全天黑前，我希望可以多累積一些木柴。在小屋後方的斜坡上，有一些已經乾枯、直立的樹幹，它們很容易劈砍，所以應該還來得及處理完。

過了三點，天又更黑了，我已經做完所有日常事務。在小屋裡，我點亮那盞掛在窗戶邊的煤油燈，然後將我的帽子和手套放在火爐上方烘乾。桶子裡的冰已經融化了一半，而那鍋燉肉也熱透了，冒著蒸氣，這幾天我都吃得很少，所以現在非常餓。我將茶壺放到爐上準備等一下可以泡茶，盤子拿出來擺好，然後切一些麵包；燉肉湯又濃又營養，我用麵包沾著吃，配上桌邊一罐小紅莓醬。

吃飽了，總算鬆了一口氣，我坐在窗邊，一邊啜著茶、一邊享受小屋裡的溫暖。燈火在黃色、剝了樹皮的圓木上映照出一種柔和的光芒，當初我們建造這間小屋的時候，我特意將窗戶的位置設的比較低，好讓我們可以在坐著的時候，也可以很輕鬆地往外看。這是建在森林裡的舊式小木屋常見的設計，窗戶通常非常小。冬天的時候我們會在屋裡長時間坐著，眺望窗外的雪；現在從只有兩片窗格的窗戶看出去，那裡什麼都沒有，只有從窗戶投射在雪地上的溫暖光線。那道光之外，四周一片幽暗。

我從椅子裡站起來，在火爐裡添加另一塊木柴，也為茶壺多加一點水。

長途跋涉讓我感到疲憊，而溫暖和食物讓我開始想睡，我脫下麂皮鞋，帶著一本書在床上躺下，那是我存放在這裡的六本書之一：維吉爾（Virgil）的《埃涅阿斯記》（Aeneid）英文版。我將書本翻到詩的起始處，讀了頭幾行，很快就睡著了，當我醒來的時候已經接近六點，爐火已經熄滅，整個小屋變得非常冷。

在這裡我總是懶洋洋的，覺得很滿足，沒什麼需要急著去處理的事。但我還是起床了，在爐子裡添了更多木柴，然後站起來，在屋內四處晃晃，我發現還是很餓——一整天都待在寒冷中特別消耗能量。所以把燉肉鍋裡剩下的東西加熱一下，然後全部吃完。明天我會從吊在肉架上的麋鹿後腿切更多肉下來，再重新煮一鍋燉肉，然後留在這裡讓它結凍，當作下次的主食。

吃飽了、也休息夠了，突然一股能量湧現，我走到外面將那隻山貓拿進屋內，決定開始剝皮。山貓屍體已經變硬正要開始結凍，我可不想背著整隻沉重的山貓回家。我將牠拿進來，放在靠近爐子的地板上讓牠解凍，然後為自己再沖一杯茶。當我可以很容易的移動牠的腳時，我拉起其中一隻粗壯的後腳放在我的大腿上，開始用小刀從腳跟下方、肉墊的邊緣劃開，皮毛下的皮膚冰冷僵硬，慢慢從筋肉上脫開。

但因為房間內的溫暖，不久後我開始發現跳蚤從毛皮裡爬出來，其中一隻突然猛地一跳，跳到我身上，然後再到床上。我實在受夠了，放下小刀，將山貓拖回門外，讓牠留在那兒結凍。等下次再來的時候，跳蚤應該都死光了，反正也不急，更何況我不希望跳蚤藏在我的衣服裡或床上，一想到這裡就開始覺得癢。

在外面，我把山貓再一次放回雪地上，然後在小屋前站了一會兒，觀察和聆聽，冷空氣在皮膚上感覺很舒服，天上星空燦爛——北極星和北斗七星就在頭頂，而透過樹林空隙往南，可以看見冬天常見的獵戶座，腰帶和劍清晰可見。往北方眺望，我看見單一而明亮的一顆星，我想應該是織女星。偶爾，從穹頂上傳來風的嘆息，一陣陣風時不時牽動著我四周的雲杉枝椏。

待在這樣的地方，這麼偏遠又孤獨，人通常都會做些什麼呢？可以確定的是，他會觀察天氣，而星星、雪和火，是他閱讀最多的一種書籍。他所作的任何事，從砍柴、提回一桶一桶的雪、然後再將汙水倒回門外，都需要待在開放的環境中，遠離他的牆、將那些人類寫的書和他做夢的腦袋暫時放下。我站在這裡，因為夜的寂靜和親近感到煥然一新，突然感覺這實在是一種很美好的生活方式。

現在雪的冰冷已經穿透我穿著襪子的腳，所以我回到室內，洗了盤子，將小桌子清乾淨，將東西收拾好準備過夜。我將長褲和毛襯衫掛起來，將襪子掛在一條靠近天花板的繩子上，茶壺裡還有一些熱水，我把它倒進一個臉盆，用桶子裡的一些冰水冷卻，然後洗臉和雙手，擦乾之後刷牙，這樣就準備好可以睡覺了。

我再次躺回床上，煤燈掛在左肩的位置，我拿起書試著再繼續讀，一頁又一頁，腦子裡塞滿了畫面：夜裡的火、埃涅阿斯、從特洛伊逃亡之旅；我昏昏欲睡然後又清醒，想起許多年前一個美好的秋天。佛萊德．坎貝爾躺在他湖畔小屋的窄床上，手裡高舉著一本聖經試著想要讀，但很快他就睡著了，書就這樣掉落在他胸前。然後每一天、每一夜都重覆著同樣的一頁；當時我覺得他很好笑，但現在我年紀大了，同樣的事情也發生在我身上。這是因為平淡生活、空氣、寒冷、辛苦的工作，然後飽餐一頓之後，身體休息了，頭腦也進入睡眠。

我再次醒來，把書放到一邊，從床上起身壓一壓火勢，將一些半綠的樺木樹枝放在炭火上，然後將風門關上。桶子裡的冰已經融化了，所以明天早上有很多水可以用。

我將煤燈吹熄，鑽進睡袋裡，將睡袋拉高到肩膀，凝視昏暗的房間和窗外雪地上的星光。在這裡，遠離河流和公路上的交通噪音，隨時都會聽到一些其他的聲音——溪床上的麋鹿、斷裂的樹枝、一哩外山脊上的郊狼、或是停在小屋上方、雲杉枝椏間的貓頭鷹。但我最常聽見的是風聲，在枝椏間發出唰唰唰的低喃；偶爾幾次，從南方吹來一陣強風，帶來公路上前往費爾班克斯的柴油車聲，聽見它在峽谷中換檔爬坡。還有一次，從遠處傳來溫暖的南風，帶來一陣理查森的狗吠聲。

我在小屋又待了一天，慢慢消磨時間，四處閑晃、讀書、砍更多木柴、挖更多冰。我將其中一隻貂解凍、剝皮，然後將毛皮捲起來放入袋子準備帶回家，這樣至少可以少背一到兩磅的重量，也讓籃子裡有多一點空間。我用梯子、木塊和工具，我將那四分之一的麋鹿後腿肉從架上拿下來，打開帆布，將腿部的一塊肉解凍。因為當時獵捕的時節較晚，所以沒有什麼肥肉，但吊在那裡凍了那麼久，肉質還是夠柔軟。肉的外層變得乾燥、顏色深，需要削掉一些，我將切下來的肉塊放在火爐附近的一塊板子上解凍。

下午，我順著溪流往上游走，察看一些放在那兒的圈套，發現什麼都沒有，除了一隻山貓曾來過這裡的痕跡。牠甚至將圈套扯到一旁，可能就是獸夾捕到的那一隻。

從溪流處，我朝著穹頂的方向往上爬了幾哩路，來到山脊上。雪並不深，所以還算好走。到了高地上，陽光比較明亮，空氣也顯得較溫暖。在開闊的雲杉和白楊的混合林中，我設置了兩個陷阱。

我在一個行事曆上記錄日期，把特別的日子畫上一個圈。行事曆上有一艘船，是那種航行在海上、舊式浪漫風格的風帆船，辛苦地從智利的合恩角（Cape horn），乘著貿易風往家的方向航行。這份行事曆來自加拿大，上面印有「約翰萊基股份有限公司與埃德蒙頓亞伯達」的字樣，那是一家航海五金用品公司，三年前我跟他們郵購了一張捕白鮭的漁網，從那時起，他們每年都會寄一份行事曆給我。因為家裡還有其他日誌，所以我就把這一份帶來這裡，行事曆掛在圓木牆上看起來很棒，靠在窗戶旁、為整個牆面增添了光彩。

我還記得當初怎麼建這個小木屋、怎麼在這裡經歷了無數個小時、在雨中長時間跋涉，直到雨水轉為雪。當時我用一頂大型屋式帳篷駐紮在森林中，就在現在小屋的附近，一張摺疊床可以睡覺，一個小的鑄鐵爐，煙囪從帳篷頂一塊鐵皮穿出去。那時我總是在下午從家裡出發，行李中帶著一些食物、木材和工具前來，忙著建造小屋直到天黑，然後在帳篷裡過夜。第二天早晨第一道光升起，我又開始努力工作，刨樹皮、修整木材，然後在下午出發，穿過潮溼的山嶺回家。

工作從八月初進行到十月中，每次工作幾個小時或一整天。那年秋天來得很早，直到秋末，我還在處理屋頂的木樑，將結凍的樹皮刨掉，仔細修整乾淨。因為沒有用來鋪設屋頂的乾草，所以我們到溪邊去採收那些半結凍的青苔，將大片鬆軟的苔床一塊一塊搬上山。最後，小屋終於有了屋頂，門掛上了、窗戶裝好了、爐子裡也升起了火。

那年秋天的黃昏時分，我在小屋前射殺了一隻麋鹿，那是一個長距離的射擊，從山坡上往底下的平坦草地瞄準。當時那隻麋鹿看起來，只是一個位於結凍草地上的黑影。獵捕到的當晚和隔天，有許多程序要處理，首先要將麋鹿分割成四等分，然後一塊一塊拉上山坡回到小屋，我們將肉高高吊在一個架子上，那是隔天早上我在小屋後方搭建的。到了下午，我們在濕雪地中長途跋涉回家，帶著幾大塊肋骨、舌、心臟、腎和肝。那是一個在各方面都極艱苦的秋天，可說是我在北地經歷過最辛苦也最困乏的一年。

但付出的時間和工作都是值得的，因為我們現在有了這間小屋，舒適且溫暖，無論經歷多久時間，它看起來還是很新。而且每次我們從很遠的地方穿越山嶺、走了一大段路來到這裡之後，看見我們已經將它建造完成，總是有種奇妙的感覺。

我看著四周，地板、牆、天花板、柱子和橫樑，回想小屋剛建成的時候，地上只鋪著乾草，厚厚一層鋪設在青苔上，沒有可以打掃或清潔的工具。每年秋天，我兩手抱著乾草來更新地面，雖然有一種樸質且令人愉悅的氛圍，但有些狀況讓我實在不喜歡乾草地板。例如乾草底下的地面常常結了很厚的霜，由於冬季有好幾週的時間小屋都空著，當我再次住進來的時候，就會覺得特別溼冷，直到升起爐火解凍後才變得溫暖。另外，老鼠和松鼠會咬穿青苔層、鑽進木屋裡，然後把地面弄得亂七八糟；所以在某個春天，山徑上的雪還沒融化鬆軟之前，我用雪橇載了許多木材來到這裡。在那一年的八月，我在這裡住了三天，為小屋鋪設了木頭地板。現在，屋內既乾燥又溫暖，老鼠擋在外面，而我時不時還可以掃地和清洗。

小屋只有一個房間，八呎寬、十二呎長，這樣的大小已經足夠作為森林中的基地。門朝西邊開，兩個窗戶分別面向南、北方，其中一面牆上高於頭頂的地方，我開了一個圓洞當做通風口，洞口安裝了金屬蓋子。天花板刨了皮的圓木仍然很乾淨、呈現亮黃色，煙還沒有將它們燻黑，而屋頂也從未曾漏水。

在房間後方我搭了兩張小床，一張在另一張的上方，末端還有一個小梯子可以爬到上層。用餐的桌子和對面的工作桌都固定在牆上，我用兩吋長的木樁鑽入牆上的螺孔，再將桌板架在木樁上、用釘子釘牢，另外還有幾個層架也是用這種方式做成。這是製作基本傢俱最簡單的方法，而且還少了桌腳的阻礙。

房間四處的牆上我都釘了一些鉤子和長釘，用來掛零星的衣物、獸夾和繩子。在床尾，一把二十二口徑的來福槍架在兩隻長釘之間、火爐後方掛著一些鍋子和清洗盆、在門邊，我用一個十二吋長的長釘鑽入圓木柱子，用來懸掛和晾乾雪橇的鞍具。

在這裡也曾度過不同的冬天，其中有些非常艱苦。我曾經在大雪之後前來這裡，狗兒們都累慘了，有時我遠遠落後在雪橇後方、有時必須走在前面清理山徑，全程花了五或六小時才走到這裡。陷阱都被雪埋了，即使獵捕到了什麼，在雪中也很難發現。然後第二天，回家的路途必須走過鬆軟、半毀的積雪山徑，同時帶著大量的肉和三隻狗。我只好在隊伍後方握緊繮繩操控方向，讓狗拉著雪橇走在前方。

五十年前，在掏金熱潮的末期，這裡還有許多貨運車道，雖然現在大多都被雜草覆蓋、留下的車轍也形成很深的溝，但我仍然可以利用其中一些車道，作短距離的跋涉。這些道路沿著溪流往上游爬升，穿越分水嶺再下降到沙姆羅克（Shamrock），然後前往薩爾查河和樺樹湖，距離這裡有好幾哩路。想起來也覺得奇怪，當時這個區域還非常熱鬧，人群來來往往，到處都是狗、馬、貨車和人們。

現在，除了我和喬之外，根本沒有人會來這裡。我們的狗有時也跟著來，其他就是麋鹿和貂。只有一次，大約在三年前，兩個男人帶著他們的貓從班納溪遷來，為了在山那邊兩哩外的冰河溪裡探勘，他們在溪流上方的灘地清理了一小塊地，但最後什麼也沒找到，於是就再也沒回到這裡來了。我其實很高興，希望這整片區域都屬於我一個人。

在森林裡，我實現了自己的夢想，那是一個嚮往大北方的舊夢，閱讀並吸收了許多老故事：關於雪、狗、麋鹿、山貓，還有那些未受人為干擾的原始世界。這輩子從來都沒有任何事物，像這些讓我這麼高興。即使一切看起來未經深思熟慮、好像我只是追尋著風中的氣味，下一刻就發現自己已經來到這裡，但既然來了，我會安頓下來，因為已無路可退。

狩獵、捕魚、採收野果、設置陷阱，所有我們燒的柴和我們吃的食物，都是這塊土地給予的。這裡產的貂皮在光線下看非常漂亮，甩一甩毛就會豎起來。麋鹿肉也非常好，讓我們可以維持溫飽，而且不需要負擔屠夫的費用。只是我無法不帶想法或情緒地去獵捕或殺牠們，因為獵殺在某種程度上，也以一種微小但致命的方式傷害著我。在這個地方，無論陽光下還是霜雪中、無論是擁有旺盛的血流還是擁有各種汁液、無論是逐漸衰弱老化還是突然死亡，生命在這裡都是平等的。

有時狀況可能很殘酷且困難，但我們都準備好、清楚明白的去面對。我為了自己的目的捕殺一隻野獸，就如同山貓捕殺兔子、貂捕殺松鼠、黃鼠狼捕殺老鼠。而生命總是充滿矛盾——雖然作為一個人，心裡既困惑又懷疑，但我們的作為卻如同箭一般，直接且充滿目的性。

我看著自己的雙手，彎折一下手指，它們承擔了很多，完成了許多我年輕時不敢夢想的事情。我用雙手織網子、做圈套，也扣了來福槍的板機許多次，看著鳥從樹上摔落、麋鹿踉蹌倒地。用這雙手，我深入動物溫熱的身體，摘取那些仍然顫動著的器官：肺、心臟、肝、腸子，指甲裡積著血，髒污和油脂則塞滿了手指關節的縫隙。

我已經學會做這些事，而且做得很好，就好像我原本就繼承了做這些事的天賦，然而有時一種困擾我的想法會不斷重現：如果我已經做到這樣的地步，會不會有一天我也會殺人？不知道；但如果必要我應該會，也許是在生氣、自衛或想報復這種情緒激昂的時刻，但我想不會是以冷酷的、憑藉法律的光芒來殺人。我見過戰爭，看過一個死去的人漂浮在太平洋島嶼的外海，我人就在那兒。如果在現場也算數，那麼我已經參與了好幾場殺戮，無法假裝自己置身事外、假裝沒有罪惡感，正義已遠離我們。然而森林裡那些古老、珍稀的靈仍然存在於我們之中，正因為如此，我們永遠無法擺脫一種糾纏的念頭：總有一天我們將要面對黑夜之靈。在那兒，絞刑台上的繩套會調整好、而執行官的斧頭也會磨利等著我們。

我把這些想法放一邊，從窗戶往外看，溪流對岸的山坡上，陽光正照在雪地上。在這荒野的生活中，我又重新學會去接觸這個世界，學會一種方法，讓自己在這裡只過屬於這裡的生活，而不去想其他的事——時鐘的指針、時數和工資。每一天，我都重溫一個獵人的古老期待：清晨出發前往山徑，想著今天我們又會發現什麼呢？

我把自己的人性拋在身後，變成了一棵樹、一個雪地裡的生物，回歸原始的路途非常遙遠，而且常常都隱晦不明，然而我已經在另一頭看見了一些東西。雖然不多，但我知道那些將永久不滅。

也許我不會永遠待在這個森林裡，但我開拓的山徑會長久保存下去，而這間小木屋至少可以屹立二十年。我可以想像現在站著的地方，未來將變成一種更大的寂靜、更深的暗影，但我所愛的一切將永遠存在。

夜幕降臨，白天過去了，我在傍晚時分又煮了另一鍋燉肉——加了米和大塊肉、乾燥蔬菜、洋蔥、一點脂肪、一些香料調味。氣候很穩定，維持在零下二十九度，我持續聽見穹頂上有些風聲。

第三天早上我起得很早，就著煤燈做了早餐，燕麥、麵包、煎鍋裡的一些肉，要吃飽一點，今天又是另一個漫長的一天。這個早晨我不著急，慢慢穿好衣服、把東西都收好，從外面拿進來更多木柴堆在火爐旁，外頭清澈的冷空氣中，我將已經結凍的山貓高高掛在肉架上，不會有什麼東西去動牠。黎明慢慢翻過山嶺，照亮了積雪的穹頂。

我收拾好裝備——小斧頭、一些陷阱、一張貂皮，途中還要取回三隻捕到的貂，我的行李將會跟來的時候一樣沉重。

爐火慢慢熄滅，小屋也漸漸冷了下來。我將剩餘的一點水加到淺鍋裡，然後放在爐子上，它馬上會結凍，但下次來我立刻就可以有水喝。我將鋸子和那把大斧頭收起來，下次來的時候，我會隨手帶些樹皮和引火小枝。我關上門、上了鎖，仔細看了一下四周，看看小屋和院子——每件東西都歸位，一周或十天後我會再回來。

早上的氣溫零下二十四度，有些薄薄的雲層正在形成，也許到了傍晚會下雪。我背起行李、木杖拿在手裡，踏上前往冰河溪的山徑。

✦

第三天

又是晚上了，而我已經從班納溪回到河邊的家，今天，我從另一條山徑回來，跨越雷蒙德和班納之間長長的分水嶺，屬於另一個區域。有些地方非常難走，其中有許多都是多年前，在陡峭的山壁上挖出的艱險小徑，積雪的路面還有多處冒出泉水或潤流。

在一個開闊的山脊高處，我遭遇到幾陣強風，從那兒往東眺望，可以看見玫瑰灰色的晨光。長途爬坡之後我覺得太熱，所以停下來將雪衣的內襯脫掉。風時不時的吹來，但並不冷，只是將一些鬆軟的雪吹起，橫掃過開闊的山徑。

我看見一些陷阱，雖然沒有貂的蹤跡，但有許多麋鹿的跡象，從柳樹叢一直延伸到班納溪裡。一隻大隻的紅狐狸落入捕貂的陷阱，應該才過不久，而且只夾到趾頭。當我靠近的時候，牠一直盯著我看，將那條短鐵鍊扯得很緊，眼裡充滿了警覺和恐懼。本來我打算用手杖用力一擊將它打昏，然後再幫牠從獸夾中鬆脫、放牠走，但我最終還是殺了牠。以我學會的方式扭斷牠的脖子，我將牠放入背籃和其他的東西疊在一起，綁緊，然後把陷阱一起帶走。

當我接近班納溪的時候，在一段開闊的山徑上慢慢走著，突然看見一組狼的足跡，接著很快又有其他的狼跡加入。我發現至少有兩隻、甚至三隻狼，原本在濃密、傾斜的雲杉林裡往北走，中途發現我走的這條山徑，於是轉向而來、沿著我的山徑前行。

我想到牠們可能在幾天後還會回來，所以設置了兩個重型的圈套在那片開闊地上。相隔約幾碼的距離，我將圈套張開、設置在獸夾上方，用附近森林裡砍下來的小枝條支撐，最後在上面撒上少量的雪，儘我所能讓這個裝置看起來很自然。然而我卻不抱太大希望，因為一陣風可能就會將它們吹倒，而狼群也可能會繞道而行。

我繼續順著班納溪往下游前進，走在一條介於雲杉和樺木林之間的舊道路上，雪實在下得太淺，連那些凹陷、結冰的車轍都無法填滿。一個岔路轉進森林裡，帶我走入一個長滿灌木叢的平原，在那裡，我保留了一間古老而傾斜的小木屋，我在屋內停留了一下，在爐子裡升起火，為自己沏了壺茶。穿那雙柔軟的麂皮鞋行走過那段艱難的山路，導致雙腳非常痠痛，現在終於可以卸下行李休息一會兒，感覺非常舒服。這間小木屋老舊又潮溼，爐火也沒有辦法讓它溫暖起來，但無論如何總比沒有營地來得強。

休息過後，我開始尋找小屋附近一條被灌木掩蓋的小徑，在那裡我有設置一些獵捕山貓的陷阱，但這個冬天完全沒抓到任何東西。而今天我又發現其中一個圈套竟失蹤了，可能有什麼動物帶著它一起脫逃了——到底是什麼呢？雪什麼也不告訴我。

下午稍晚時刻，我沿著塔那那河行走，距離家只剩最後一哩路。穿過位於河流與公路間陡峭山壁上的森林，太陽已落下，照在河和冰面上的光呈現鐵灰色，雲層在西邊累積、形成厚重的暗影。許多聲音順著河傳到我這裡：某處的河水從冰面下湧出奔流的聲音、理查森的狗吠聲、公路上一輛車子呼嘯而過的聲音——它可能正前往費爾班克斯、或是三角洲，還有人的聲音。

現在我坐在這裡，漫長的一天結束了。行李終於從肩膀上卸下，我一身沉重的服裝也脫了，麂皮鞋掛起來晾乾、手套和五指套則晾在火爐上方的架子上；喬一邊準備晚餐、我們一邊聊天，火很溫暖，讓我昏昏欲睡。我不在的時候發生了什麼事？昨天、今天、前天、一隻麋鹿站在山坡上、水和木柴、沒有任何人來訪。這個世界依然沒變，而明天也會一模一樣。

在我內心深處感到非常快樂。頭腦沒有永無休止地製造過多的想法，沒有那些在緊張、焦慮、恐懼的森林中，無止盡糾纏對方的想法，只有一種得到舒展的疲憊，因消磨了一段美好時光而感到放鬆和滿足，內在深處的自我重新復活了。

明天，要剝貂皮、切肉，其他還有什麼？今晚零下二度，風依然吹著。

三十五到四十度之間，然後吹起了風。那是從南方咆哮而來、力道強勁的風，橫掃所有山嶺、搖晃著樺樹，也吹散那刺骨的寒氣。現在，到了四月，融雪的水從每個屋簷、泥牆滴落或滲透出來，讓院子裡的小水窪變得更深。

蒼蠅在我四周嗡嗡嗡地飛著，綠色的身體在陽光下閃耀，它們在木材堆上發光，也停在附近房舍的牆壁上，被溫暖的日光吸引著。當陰影遮蔽了它們，就會再度往有光照的地方移動。蒼蠅在春天甦醒得很早，被困在遮蔽風雪的防護玻璃後方，激動得嗡嗡作響，然後死去或再度沉睡。當有一點陽光、一些些溫暖鑽進屋內的牆上，它們就會再次復活。在長久的寂靜之後，我還滿歡迎它們發出的聲響。

我看著一隻木匠蟻在我腳邊一塊劈開的木柴上緩緩爬行，這塊木柴原本是溪邊一棵乾枯的雲杉殘幹，而螞蟻整個冬天都住在枯木中蜂窩狀的通道裡。現在，牠暴露在這陌生、溫暖、光影閃動的新地方，那黑色的軀幹在陽光中發亮，獨自尋找著自己的方向。

腳下是潮濕的雪和鋸木屑，整個冬天鋸木柴時落下的粉塵，都堆在鋸木架邊和雪混合在一起。現在雪融了，木屑積成潮溼的小堆。當我用靴子推開木屑堆，可以看見愈靠近地面的顏色愈深，已經慢慢變成了土壤。

一陣氣味飄來，帶著濃烈嗆鼻的尿騷味，那是從拴著狗群的犬舍傳來。對狗兒們來說，地面現在太潮溼，所以牠們全都躺在自己的犬舍屋頂上，瞇著眼、在陽光下睡覺，牠們也很喜歡這份溫暖和平靜。

在我四周，可以看見許多冬天留下的殘骸，被雪埋藏了整個冬季。有四散的木片、啃過的骨頭、麋鹿下巴的一部分、一個蹄子、一支遺失的湯匙、一些垃圾、麋鹿毛、被丟出來而遺忘了的獸皮、殘雪中的尿漬，整個地面聞起來有股酸味。

今早我在溫室裡工作，鬆土、翻面，讓土壤接觸陽光和空氣，那些我花了整個春天照顧的植物，已經在它們各自的層架和箱子裡站立起來。有番茄、辣椒、小黃瓜、高麗菜和花椰菜。今天早上我將它們搬到室外放一陣子，希望可以長得更強韌一點，很快就是時候將它們移植到菜園裡了。

大地變得暖和，雪也融盡，可以看見東一塊西一塊枯死的草皮露出來，我發現它們在接近根部的地方已經冒出一些綠色的芽。在門廊旁邊的土堆上，也冒出柳葉菜和野大黃菜的嫩芽，它們是春天最早甦醒的野菜，在長高、變苦前都很好吃。

我從院子眺望山坡下的溪流，在陽光照耀中閃閃發光。河道中還有一些冰，沙洲上也有一些沖積的雪，而對岸南邊的山腳下積雪更多。

但那些都正在融化中，就像我院子裡的雪和更高的山坡上的雪一樣，很快雪水就會沿著溝渠傾瀉而下，經過涵洞和橋梁，奔流下山與河川匯集。水呈菸草般的褐色，那是被落葉中的單寧酸染的，喝起來有強烈的味道。

我知道房舍下方的溪流所結的冰仍然很厚，因為前一個冬天有太多溢流。泉水不知為什麼從結凍的土壤中不斷滲出，流到冰層上然後凍結得更厚，可能要花很長一段時間才能融化。而陰影遮蔽處的冰，可能到了六月都還在。至於山坡上的樹林裡，有去年冬天我砍伐的樺木樹樁，現在濕潤且呈粉紅色，樹液溢進土壤裡，到了晚上樹液在樁上結凍，形成一層粉紅透明的冰層，像上了釉一樣。

我聽見許多野雁的叫聲從河中央的沙洲傳來，只要有露出的土地或未凍結的河水，就可以看見牠們一小群一小群聚集著。昨晚我聽見牠們穿越頭頂的夜空，聲音傳進我的睡夢中。雪鵐也經過這裡往西邊飛去，牠們看起來就像一群體型小、黑白相間的鴿子，在積雪的荒地上席捲而去。我還在前往三角洲的公路邊看過鐵爪鵐和玫瑰色的白翅嶺雀，悠閒地在路上撿食種子和果粒，當有車子靠近的時候才急忙散開。之後牠們會前往西北邊的苔原帶，和高海拔光禿禿的山頂。

今天早上我發現一隻蝴蝶，那是今年我看到的第一隻。我發現它停在潮濕、半結凍的路上，在陰影中靜止不動，看到那鑲著白邊、棕、紫、煙 色相間的翅膀，我認出那是黃緣蛺蝶。我將它撿起來拿到日光下，用我的呼吸溫暖它，直到翅膀漸漸鬆動，然後飛走。

什麼也不做、什麼都不是、安靜不動像顆石頭一樣待在陽光下，實在是一種很美好的生活方式。畢竟生活總是匆匆忙忙，追逐著各種事物：砍木材來取暖、融化雪和冰來取得日常用水，而這些事情似乎永無止盡。獵捕到了肉，就要用狗和雪橇拖行數哩路回家。學會在雪地裡辨識動物的行為，因為要從牠們背上取下毛皮。吃、洗、找時間睡覺，然後在寒冷、微亮的黎明醒來，餓著肚子思考。

我們的睡眠總是不夠。熊就比我們好多了，可以從十一月鼾睡到二月，而那正是最黑暗、一切都不確定的幾個月份。世界好像再也無法變得暖和起來，連烏鴉都會從天上凍僵而墜落，山雀和朱頂雀從白楊樹的枝條上摔下來，看起來就像一團覆著羽毛的冰塊，直到太陽回來的季節才甦醒。水從岩緣邊滴落，日光照射在洞穴口，宣告該是醒來的時刻。

這份清晰、距離感和光線，幾乎可說是太奢侈了。這份我們等待已久的大禮，讓心靈得到釋放和自由。現在萬事萬物應該都感覺到了，所有冰冷和被黑暗緊抓不放的事物，都抖動著全身，一點一點釋放，讓它回到土地。我聽見一聲如雷般的巨響，水花飛濺，河川上將近半畝寬的冰又崩裂了。

再過兩週，我們的紅狐雀就會回到房屋下濃密的灌木叢中，牠會站在同一棵樺木、同一段樹枝上，唱著去年夏天牠唱過的同一首歌。從我開始住在這裡之後，一支紅狐雀總是從那棵樹上唱著歌，而好幾世代的麻雀都在那邊的赤楊叢裡築巢並學習著那首歌，這真是一種讓人難以忘懷的甜蜜。

昨天傍晚在山坡上，我看見一隻母的麋鹿，半隱身在那泛紅、小枝繁茂的樺木叢中，牠應該很快就會生下一隻幼麋鹿，也許還不只一隻，然後整個夏天都會沿著溪流覓食。牠和牠的孩子在草地和沙洲上應該不會受到熊的攻擊，當高地融雪之後，公麋鹿就會遷移到班納山更高海拔、超過林線以上的坡地，直到八月之前牠們都不會下山。

一隻蒼蠅停在我的手上，然後又離開。很快地，那巨大又毛茸茸的熊蜂，就會在飛燕草和柳葉菜的花中，笨拙地摸索著。之後蚊子就會來了。一開始是那些在去年秋天繁衍、度過冬天的衰老的一群，它們飛行的時候顯得笨重而遲緩，但一樣嗜血。然後，六月的第一週，新的一批就會蜂擁而來，他們小而兇悍，從溝渠、水池、融雪的水窪冒出來，連續好幾個星期，森林裡的生活都不得安寧。但現在，空氣清新又溫和，我們仍可以這樣坐著，沉浸在溫暖寧靜中，就算有蚊子靠近，也頂多是單獨一隻在身邊徘徊，而我們通常只是安靜地將它撥開。

現在已接近五月了，有很多事要忙，白楊木上的花蕾很快就會腫大，變得粘糊糊的。而我有菜園等著鏟土和種植，溫室也要增溫和澆水。當那些事都忙完之後，我要開始建造一艘新的小船。我已經畫了船的素描，只是一個粗略的草圖，我想要造一個二十呎長、窄身、平底、閃閃發光、匙形艄的船。這個春天我一樣沒什麼錢，但無論如何總是會找到需要的材料：一些木板和釘子、油漆和防水焦油。當船造好之後，我一定可以找到一個新的漁場，也許在上游、坦德福河口附近。去年秋天我查看過那裡的渦流，水流很深又緩慢。

我可以想到一千件以上的事，其中有些可能永遠都不會實現，例如我想蓋個地窖，也許不是今年，但應該很快。夏季會把我榨乾，鮭魚將在七月來到，至少有三週我要忙著清洗、包裝漁獲，然後修補我的魚網，接著要採野莓、伐木。當那些都結束，就要忙著採收菜園裡的作物和馬鈴薯，然後夏季就接近尾聲。接著，狩獵的季節和日照短暫的日子很快又要來臨。

一陣陰影掠過我的腦海然後消逝。空氣顯得更涼爽了，一片雲從頭頂飄過，微風從河面輕輕拂來，我應該要將植物搬進室內了。我從坐著的地方起身，像剛睡醒一樣伸伸懶腰，轉身看看身後的樺木林，很快我就會爬到那邊的山坡上，翻著土尋找馬鈴薯。一陣風會從西北方吹來：一陣急而強勁、夾著雪和冷雨的風，但那也會過去，然後日光再一次溫暖。還要經過一陣子、好幾週的時間，夏天仍會停留在這兒。

其他日子的人、事、物

已經傍晚了，十一月初的某一天，我坐在理查森的小木屋前、室內的陽台上，用一支鉗子和幾股金屬纜線製作圈套。如果幸運的話，我做的一個直徑約七到八吋的活圈套，可以用來捕捉山貓或郊狼；金屬線強韌而有彈性，但我發現很難固定住打的結。

這天，我花了一些時間砍木材，院子裡的鋸木架邊堆了一堆剛鋸好的樺木，其中一些較粗的已經劈開，倚著小屋的外牆堆疊起來。新鮮的木材、鋸屑、木片，在傍晚的雪地上呈現蒼白的黃色。

小屋裡很溫暖，在我身後的房間內側，一個黑色大火爐裡的木柴冒著火花悶燒著。爐子上方有東西正在烹煮，茶壺也在寂靜中唧唧響著。窗外，西南邊山上，一道雲彩般的光正慢慢消退，山腳下的河道已經凍結了。但在下游的雪地中我還看得見一條深色的痕跡，那是未冰封的溪水。

地貌經歷千年慢慢地變化著，河水從峽谷的一側改道到另一側，河床也在泥沙和岩石中往下挖得更深。一些沙洲形成了，長出了草和柳樹叢，然後又被沖走，變成漂流木堆埋在沙裡。山坡上的雲杉林被大火燒盡之後，被樺木和赤楊取代，然後在空隙中，雲杉又慢慢長回來，樺木則慢慢死去、腐朽、傾倒，然後那些倒木上的青苔又變得更厚。

從我這一側的山坡往外看，最近代的產物，只有那條經過房子下方的狹窄道路、以及我的小木屋和棚子形成的小聚落。其他的一切，都已經存在這裡超過千年以上的歲月。當時氣候比現在冷——但也可能較暖和，褐色的煤礦床在沼澤裡生成，一直向南方綿延。動物和鳥類們也像現在一樣，在多風的草場上漫遊著，慢慢往南遷徙，然後在久遠的春季來臨之後，再一次往北飛。數量龐大的獸群在雪地上留下足跡，並將沿途的柳樹叢和地衣一掃而空。至於那些不再存在這裡、體型更巨大、擁有毛皮或沉甸甸巨牙的野獸們，在雪地上被暗影狩獵、追捕，牠們曾來過這裡，但都被獵殺、被吃了。

日子隨著歲月流逝，已過了十二月中旬。今天是白晝最短的一天。現在時間晚了、氣溫也更低，可以看見太陽從黛博拉山（Mount Deborah）後面沉下去，那是位於西南方一個冰冷、金字塔形的岩板山。我在為一隻我正在訓練的幼犬調整新的鞍具，是一條從已經鞣過的麋鹿皮上切下的皮帶，用麋鹿背部最厚的部位製成。我就著窗戶邊的光，用一個錐子和粗亞麻線，縫合項圈的接縫，在這之前，我已經把腹鞍帶和項圈環扣的孔打好了。

一張從麋鹿後半身剝下的大塊生皮，正泡在一個大缸裡，放在火爐後方。毛剃掉了，正反面刮得乾乾淨淨，浸泡在肥皂和雪水的溶劑中。每天要攪拌、擰乾一兩次，經過一、兩周後就可以洗乾淨，然後揉拉伸展，直到變柔軟和乾燥為止。之後我會將它掛在煙燻室，用乾燥的赤揚柴燻成淺或深褐色，然後從這張皮革切出新的麂皮鞋底。

我還記得一些事情、一些名字、好多年前的朋友們和一個遠去的妻子。上周我在雜誌上看到一篇報導紐約市當代藝術家的文章，照片上有些人都是曾經認識的，我給其中一個人寫了封信，告訴他我現在住在這遙遠的北地，我知道不會有回音。所有的一切都看起來這麼遙不可及。

在同一本雜誌中——也可能是其他郵寄來的、或從旅店裡拿來的刊物，我讀到了一些關於這個國家或世界政治人物的文章，出現一些名字：楚門、麥克阿瑟、艾森豪，還有一個叫做韓國的地方。但這些都離我太遙遠且不真實。我的生活在這裡，在這個我開拓的領地、在我建造的所有事物中，在這個稱為理查森和坦德福的世界，在山腳下的班納溪及塔那那河邊，除了這些，我不需要更多。

冬日昏天暗地的逼近了，下了雪，山上也刮起風，今年是個貧瘠的年份，在這個區域裡沒有什麼兔子。而兩年前，牠們曾經充斥整個柳樹和赤楊林。當春天融雪後，到處可以看見樹皮在積雪的高度上被啃咬過、顯得蒼白的痕跡，山貓到處追逐著兔子，要在數周內捕捉數量超過一打的大貓，根本不需要什麼技巧。然而現在，在樹林裡的雪地上，根本沒有出現任何跡象。只剩灰塵和落葉，偶爾有狐狸和松鼠的腳印。在雷德蒙溪後方的山脊上，我也許可以捕到幾隻貂，在班納平原上，也許捕得到一隻山貓，或者，在這裡沿著河邊捕得到一隻狐狸。

我在坦德福河口處有一個小木屋，要往上游走六哩路。秋天時我製作了一個新的雪橇，現在很想試試它。我有許多乾燥的魚堆在棚屋裡、一些馬鈴薯和高麗菜在地窖，然後一些木材在院子裡，另外還有一頭麋鹿，最近獵到的並不太肥，掛在小屋後方一個高架子上，凍得像塊石頭。一點一點，我慢慢學會了北地的生存之道，當長夜和寒冷降臨之後，我們絕對不會讓自己挨餓。

我放下手邊的工作，光線很暗，而我傾聽著。一輛汽車緩緩駛過，已經翻越了山頭，在一年中這麼晚的時節，路上車子並不多了。

經過這麼多季、這麼多年，太陽依舊會在下一個春天從山頭升起，寒冷會再度降臨，或多或少都會下雪。而如果我在這裡住得夠久，也許會遇見一些從亞洲來的新移民，在我所在之處的下方是個走廊，可以直通內陸，那是一條開放的通道，直到冰雪將它封閉。

三十三歲的我，現在獨自一人。對這樣的自己和認識的少數人都感到陌生，在這無邊無際的寂靜和孤獨中，我的童年，就像乳齒象和樹獺生存的年代一樣遙遠，然而它在我體內仍然存在著。在這個自己選擇的生活中，我，就存在這裡，不在任何其他地方。

現在小屋裡已經很昏暗了，爐子裡的火已經熄滅，我也完成了圈套的製作。將那些做好的圈套掛在通往陽台門邊的釘子上，工具和沒用上的纜線收好。是時候該餵狗了，也要為自己準備晚餐，明天我還要早起，在天亮前就要出發上路。

一陣風從南面的窗戶吹進一縷煙，外頭的河道上方，薄霧開始在未凍結的水面上聚集。

狼

這個地區有狼，但牠們的存在，其實更像影子——偶爾會在這裡、那裡，發現印在薄雪地上的足跡。有時是遠處傳來的聲音，或是月光下的一個身影。最近這幾年，牠們的數量已經不多，而馴鹿更是早就離開這個區域了。當牠們還很常見的時候，我聽說農莊以西兩哩處的峽谷溪（Canyon Creek），在早年以「狼峽谷」著稱，就是因為那裡曾發現大量的狼群出沒。我的老鄰居比利馬文（Billy Melvin）向我發誓，某個夜晚曾有一大群狼，在深雪中沿著班納溪下山。因為數量實在太多，牠們走過的路徑，積雪都被踩踏得非常堅實，足以讓整隊狗拉著雪橇通行。

某年的十月中旬，我在小屋溪邊獵殺了一只麋鹿，然後分割成四等分、暫時儲藏在幾根木樁上，並用雲杉的枝條層層堆疊覆蓋。當時天氣很冷，所以我不怕肉會腐敗。幾天後，我和妻子帶著我們的一隻狗，從家裡回到小屋溪邊，攜帶了一個木塊和轆轤索具，準備將肉塊懸吊起來。當時下了約一吋的雪，所有在雪地上行走過的動物，都會留下顯而易見的足跡。

就在距離肉塊儲藏處不到三哩的地方，我在我們走的山徑上，發現一個大而新的狼爪印。不久後有另一隻狼加入、然後又一隻也加入，總共有三隻狼走在我們前方，朝著小屋溪的方向前進。發現牠們的足跡持續在我們走的這條路上前進後，我們擔心牠們發現我們的儲藏處，便開始加快腳步——在我的想像中，我看見我們過冬用的肉，暴露在狼群面前，被弄髒、甚至吃掉了一半。我留下妻子和狗，帶著我的背包和來福槍，以最快的速度往前，幾乎是用跑的穿越結凍的蘚苔地。

當我來到我們位在山坡上、可以眺望溪谷的小木屋時，我停下來。從遠處仔細觀察那片麋鹿被獵殺的灌木叢平地，沒有看見任何一隻狼，我繼續往下走，來到溪邊儲藏麋鹿肉的地點。可以確定的是，狼已經發現這裡，剛下過雪的地上，到處都是牠們的足跡。其中一隻曾經爬上灌木堆、拉下一些覆蓋麋鹿肉的樹枝。但牠們要不是被隨後來到的聲音驚嚇到了，就是發現這個儲藏所的佈置太不自然、可能有危險，所以並沒有去碰那些肉。三隻狼都離開了儲藏所，沿著溪流往上游的沙姆羅克分水嶺（Shamrock divide）去了。那天下午和隔天早上，我們把沉重的肉塊分別拖上山，來到小屋後方，把肉高高掛在兩棵雲杉之間設置的架子上。之後，在那個冬天裡，不再有狼、山貓或任何動物去碰那些肉。

另外一次，在一個涼爽、多雲的九月午後，當我們到河裡確認捕鮭魚的網子時，好像聽到一聲短短的哀鳴，然後看見一隻棕色的狼，在乾沙洲上大步往上游跑開。

現實中從來都不曾有整群狼一邊咆哮、一邊追逐我們的雪橇隊回家。沒有那種在黑暗中發亮、飢渴的眼睛，將營地圍成一圈準備襲擊，被包圍的人們必須仰賴營火將狼群阻擋在外，並時不時向黑暗中丟出炙熱的火把，試著驅趕牠們。沒有黑夜中的狼嚎、嗚咽和刺鼻的毛皮味——所有多年前在故事中讀到的場景，都不存在。

但在一個冬夜，我被某種狀況——房屋牆面的木板因凍霜而裂開的聲音驚醒。我從床上起身，走到門邊，從窗戶往外眺望院子後方那片開墾過的山坡。有厚厚的積雪，明亮的月光落在斜坡上。我看見四個暗影在那裡，慢慢往上爬坡，要進入上方的樹林裡，我的小望遠鏡就掛在門附近的一個釘子上，我很快伸手拿起望遠鏡、貼到眼前。在那明亮的光線中，我很清楚地看見那些狼——其中三隻是灰白色，領頭的那隻則接近黑色。

牠們並沒有在開闊地待太久，樹林就在近處，所以牠們很快就消失在樹影中。然而其中一隻稍微停了一下，往下看向小屋這個方向。我們的一隻狗從犬舍裡出來探查、將鍊子弄得喀噠喀噠響，牠被這聲音吸引。雖然一半隱身在樺木的樹影中，我還是可以清楚看見那張狼特有的專注臉龐，牠的眼睛、小耳朵和豐厚濃密、在月光下斑駁閃爍的灰色毛皮，最後牠也離開了。我開門來到開放的門廊上，在寒冷中站了一會兒，月色的寂靜中，不再有任何聲音。

第二天早上天亮之後，我徒步爬上山坡，在雪中發現了牠們的足跡。牠們從溪邊往上走來，在我們的木屋附近穿越公路，然後繼續往上穿過樹林、前往班納溪。積雪鬆軟乾燥，狼群在雪地裡奮力開路，每一隻在身後都留下一條凹陷的溝。只有在公路旁較堅實的雪地上，才找到一對清晰鮮明的腳印，毫無疑問，前一夜我看見的確實是狼，而不是夢中幻影。

還有一次是在春天明亮的午後。我們的一隻狗，鼻尖朝著河的方向開始吠叫，而在底下那片閃閃發光、風勢強勁的開闊雪地上，我們看見五匹狼正往下游的方向前進。起初我以為那是郊狼家族，但當我拿起望遠鏡眺望，才發現牠們的體型大多了。當牠們聽見我們的狗的叫聲時，其中三隻停下來，抬頭往我們的房舍方向看。從這裡到牠們的位置至少有四百碼遠，即使用來福槍上的望遠鏡瞄準都有點太遠，更別說眼前是一個陡峭的下坡地形，還加上太陽的眩光，對射擊來說實在太難。最後我只是很快地舉槍試了一下。狼群繼續前進，在堅實的雪地上飛快的小跑，很快就消失在一個峭壁後方。我們的四隻狗吠叫、長嗥，然而從河那邊，不再有任何回應。

然而在數年後，某個春天即將到來的夜晚，我們還是聽見了回音。在夜裡，我們被一個穿過小屋牆壁的微弱聲音吵醒，那聽起來像是從遠方傳來的歌聲。我們從床上起來，由於那是個溫和晴朗的夜晚，我們走出了大門，站在雪地上聆聽。

穿過塔那那河、在我們南方約一哩或更遠的地方，一群狼正唱著歌。我稱那是唱歌而不是狼嗥，因為那真的聽起來像唱歌，可以聽得出來有三隻、或四隻狼的聲音——起起落落、音調慢慢升高、一個聲音接著另一個聲音，直到全部融合成一個大合唱才中斷。牠們的合聲化為遙遠的回音，沉入冰凍的河中，然後又重新開始。一陣輕柔、斷斷續續的風從那裡吹來，隨著空氣帶往我們這裡，又轉向了南方。歌聲時而增強、時而模糊；這些聲音，可能穿越了那些千年的冰層和風吹的積雪，像星星的光一樣，從一個此刻已不存在的源頭，長途跋涉而來。

歌唱的時間很短暫，只持續了短短幾分鐘。夜晚的空氣冰涼，我們轉身回到屋內，微風輕拂的黑夜佔據了冰封的河。現在能聽到的唯一的聲響，只剩下遠方前往費爾班克斯路上、柴油車引擎的震動聲。

迷失

在這遙遠的北方，時不時都會有人消失、再也聽不到他們的消息。原因各式各樣：他們有的是迷路、溺水或冷死。早年，這些事情很常見，因為有很多人都是徒步、或經由水路在這個區域旅行，而且常常都是獨自一人。而最近的紀錄，竟然還有整架客機都消失蹤影，直到許多年後，才在偏遠山區的雪堆中，發現機身和那些結冰的身軀。

我記得某個春天的早晨，曾有一大群人沿著公路來到理查森。他們搜尋著路邊的灌木叢，用木棍戳著雪堆、像在探測什麼。他們在尋找的，是一位好幾天前從大三角洲（Big Delta）離家，從那之後便沒有再回家的老婦人。

家人和鄰居猜她可能是在半睡半醒之間，走進附近的河裡，然後被沖走、沉到冰層之下，但他們並不能確定。他們沿著公路繼續前進，這個夾雜著褐色和灰色、分散的隊伍，很快就在寒冷的陽光下，從視線中消失。

另外在好幾年前的冬天，有一個老兄，從他在石英湖（Quartz Lake）的陷阱路線上失蹤。大家說他的頭腦有點奇怪，而且對人極度不信任。所以當他在灌木叢裡消失了好久之後，他的兄弟和警察才開始搜索行動。好幾周來，他們掃蕩過整個區域，仍然沒有發現他生還的跡象。兩、三年後在偏遠山區，打獵的人撞見一對腿骨、和一些帶著金屬鈕扣的藍色毛衣碎片。大部分的骨頭都被野獸叼走了，因此當時幾乎不可能知道那到底是誰，在它身上又發生了什麼事。

還有許多人以其他不同的方式失蹤。例如許多年前，有一個叫做阿布拉姆斯（Abrams）的人，在樺樹湖一帶活動了一段時間。不知他是對某些事情感到心灰意冷還是怎麼了，在某個冬天的傍晚，他從營地徒步離開，之後就再也沒有回來過。沒有人去搜尋他，但最後他還是在薩爾查河支流上游處的一間老木屋裡被發現。當時已經死了，他割了兩隻手腕，躺在一個摺疊小床上，失血過多而亡。

我還聽說過另一個人的結局，他的名字應該叫韓森（Hanson），但其實我想不起來他真正的名字。早年，他曾乘著雪橇犬隊遞送郵件。從費爾班克斯出發，沿著塔那那河往上遊走，要前往大三角洲。當時是氣溫零下六十度的一月天，他沿著河往上游走，途中在麥卡堤站（McCarty Station）停留的時候，人們勸他不要繼續往前，最好在公路旅店住一天或更久，等到天氣變穩定後再出發。但他是個經驗豐富的人，最後還是決定繼續前進，身上穿得很厚實，另外還在雪橇上帶了一件非常好的袍子；然而他的狗群在霧濛濛、無風的寒冷中哀號，都希望留在原地。

幾天後他的狗回來了，隊伍後面拖著雪橇，但不見韓森蹤影。那時酷寒已經消退，人們出發沿著雪橇的痕跡往上游回溯，他們連續走了大約三十哩路後，才發現韓森蜷曲在一堆漂流木旁，他的雙臂抱著胸口、低著頭。當人們走近他的時候，他既沒有開口說話、也一動都不動，其中一個人碰了他一下，才發現他們喊的人已經凍得像石頭一樣硬。在他腳邊是一堆生火用、焦黑的殘木，顯然完全起不了作用。

雖然我不曾在森林裡迷路，但我很清楚，當眼前的山路突然出現一個陌生的分岔、或路跡變得不太清楚，會讓人的感覺瞬間變得混亂。我曾經站在一個多風的山坡上，包圍在亂蓬蓬、盤雜交錯的柳樹和灌木叢中，想弄清楚到底要從這麼多條路當中選擇哪一條走。那次是因為我回家的時間太晚，必須在夜晚穿過森林，卻不小心偏離了原來應該走的路，當我猶豫不決的站在原地時，只能聽著黑暗中的各種聲音：風在樹梢上移動、乾枯的葉子刮過積雪冰凍的表面、或一隻動物移動時突然發出的聲響。

佛萊德·坎貝爾說過他曾被濃霧困住的經驗。那是某個秋日，當時他在七葉樹穹丘上，霧濃到讓他看不見自己腳下的地面。他完全失去對空間和時間的感覺，一整天都在無邊無盡、虛幻的白茫茫中遊蕩。有時，他覺得自己好像根本不是走在地面、而是被困在一團靜止的雲裡，遠離了所有他能夠感受或理解的事物。一直到了傍晚時分，太陽在濃霧中穿了一個洞，他才找到下山的路，回到他熟悉的森林裡。

像那樣迷失和陷落的狀況，在我們日常的生活中常常發生。某個夏天的午後，我正在坦德福河口一個大渦流附近修補漁網。當時我從船緣俯身向外去拉部分的漁網，想要將魚網收回船裡方便工作。突然一個強勁的漩渦將魚網從我手中扯走，當我再一次俯身試著抓住網子時，不小心弄丟了我的刀，無助地看著它從我手中滑開、沉入那湍急的激流裡，消失無蹤。

秋天的時候我會撐篙逆流而上，仔細控制船頭的方向，在緩慢、冰冷的河水中穿梭。有時遇到淺水區，我必須用兩條繩子拖著船，涉水走在石頭和砂礫地上。在夏天，我會在湍急的河水中漂流而下，揮動著槳，避開眼前赫然逼近、快速流動的漂流物：這種時刻，我真的很容易就會摔落船外、被激流捲入水底。如果真的發生這種事，就只能等到某一天，被人發現我卡在漂流木之間的船，沙灘上還有一支槳被沖上岸。至於我，被裝在一個滿是淤泥的袋子中，繞著渦流無止盡的打轉。

在這安靜無聲的世界裡，這種如夢似幻的威脅，總是在半睡半醒之間等待著我們。當我在離家數哩遠的山脊上、跪在雪地裡專心設置陷阱的時候，總覺得它靠我很近。在那裡，寒冷鉗住我的臉，周圍昏暗的藍光漸漸褪去，短暫的白晝結束了。我在那些熟悉如老友的陰影之中，突然意識到，這裡的一切其實並不在乎我是否可以活下來。就像仲冬之際，在結冰的河上乘雪橇奔走，底下的冰層隨時都有可能喀啦一聲突然斷裂，讓拉雪橇的狗群四散開來。我的心跳瞬間加速：一個人的生命也不過如此，原本在堅實的基礎上，但轉眼間可能全部改變。

失蹤、人間蒸發，有時有跡可循、有時根本無從得知原因，其中大部分都不是謀殺、不是那種應該懲罰的犯罪事件——人們只是消失了。他們離開，帶著悲傷、痛苦、說不出的驚愕，彷彿事情早就這麼決定與安排好了。但有時你真的無法肯定。有些事發生了卻懸而未決，總覺得太奇怪，以至於多年後，還是有人想起了。坐在這寧靜的暮色中他們凝視著窗外，漫遊到了另一個世界。

尋獲一袋骨頭

一個夏天的晚上，我從漢斯．塞帕拉那兒聽到這個故事；我們坐在他位於肖溪（Shaw Creek）畔的小屋裡，喝著咖啡、抽著菸聊天。一些蚊子在小屋裡轉來轉去，被煙熏得昏昏沉沉，在小屋敞開的門外、午夜的暮色中，我們可以聽見溪流從一旁經過，但那緩慢、棕色的水流，幾乎沒有發出一點聲響。整個景致呈現異常的寧靜，在太陽再次照亮山頭前的一、兩個小時中，除了幾聲鳥鳴，北極地夏日的生活幾乎完全靜止。

漢斯收藏了大量的故事，而他通常愛用自己獨創的英語和特別的語氣來敘述。其中還夾雜許多髒話，而且句子有一半以上，混雜了他那芬蘭母語的結構。就像我所熟識的許多老人一樣，他喜歡一次又一次重覆同樣的故事，連細節都不會更動，而且常常在同樣的地方開懷大笑。他故事裡的人物，大部分是我們倆都認識的人、或曾經住在這一帶但現在已經離開的人，有時提到某些人，他會用戲謔或粗魯的方式來描繪；然而這個故事卻不同，他只講了一次，之後就再也沒有聽到過了。

故事要回溯到一九三〇年代的某個秋天，一個名叫馬丁的男人，來到位於理查森東邊十哩的肖溪平原設陷阱捕獵。他在溪流上游幾哩處發現一個空屋，於是就帶著他的斧頭、陷阱、還有其他一些隨身物品住了進去。當雪開始下，他很快地展開活動，在一些被灌木叢遮蔽的舊山徑上來回奔走，深入偏遠的平原、甚至進入北邊和西邊隆起的山地。

當時，佛萊德．坎貝爾和埃默里．赫許伯格（Emory Hershberger）剛好有共同設陷阱捕獵的合夥關係。而他們的領地也包括了肖溪流域，這是大家都清楚的事。當他們兩人聽到風聲，得知馬丁在那一帶活動，讓他們有點惱怒。於是在十一月初的某一天，他們去見他，並向他解釋他們才是第一個來到這塊地的人。勸他最好離開，去找其他地方捕獵。因為只有充滿惡意的人，才會像他這樣隨便闖入別人的捕獵區。但馬丁是個強硬且有點神經質的人，根本不聽勸說。他不在乎他們比他先在那一帶設陷阱捕獵，畢竟沒有人擁有那塊土地的所有權，所以他和任何人一樣，有十足的權利可以待在那裡，他甚至咒罵他們下地獄去吧！

他們因此大吵起來，彼此撂下了一些狠話。當坎貝爾和赫許伯格離開之後，坎貝爾嘴裡還喃喃咒罵著、而赫許伯格緊閉著嘴不說一句。馬丁的事讓他們愈想愈生氣，但畢竟大家都是成人了，每個人寧願各走各的路，不再說些什麼。然而在那之後，有人聽到他們其中一個說，他們會用自己的方式對付馬丁：「死人會永遠保守秘密。」

第二年春天，馬丁的舊識，一個名叫韋德的人，從費爾班克斯來這裡看他。他從公路邊岔入一個積雪被踩踏得很堅實的雪鞋步行小徑，當時是三月的傍晚，寒冷的天氣已經趨緩，暖風輕輕拂過雲杉林。

當韋德來到馬丁的營地時，發現小木屋的門是開著的，似乎沒有人在家。一個生鏽的火爐排煙管，歪斜地穿過草皮屋頂，冒出的輕煙在樹林裡慢慢散去。他走進屋內，環顧一下四周，發現馬丁似乎不是一個愛整潔的人，小屋裡混雜了各種味道：毛皮、老舊而沒有清洗的衣物和菸味。四、五張狐狸和山貓的皮繃在架子上晾乾，放在遠離熱氣的角落。桌上放著豆子和肉燉煮的晚餐，才吃了一半，火爐還是溫熱的，未熄的柴火慢慢悶燒著。

光線漸漸變暗，韋德在營地四周搜尋了一下，沒有發現馬丁的蹤影，卻有許多腳印足跡朝著不同方向走進積雪的森林。他叫了一、兩聲，但沒有任何回應。

他在那裡等到快要天黑，最後寫了一個字條留在桌上，關上小屋的門。往回穿越幽暗的森林走回公路上，他沿著河岸隨機問了幾戶住在附近的人家，是否有人最近有看見馬丁？沒有一個人看過他，在當時，人們對這種事不會想太多。

幾周過去了，太陽升得更高。雪降了，然後又融化，馬丁仍然不見蹤影。另一個來小屋拜訪的人發現韋德留在桌子上的字條，而一切很明顯都沒有變動過，流言傳遍了理查森和三角洲，人們開始沿著肖溪、在各個結凍的沼澤以及馬丁營地四周的森林裡搜尋，然而一點線索也沒有。

夏天來了。某天半夜，肖溪傳來一聲巨響，然後冰開始融化。在那之後，塔那那河的冰也開始往下游移動，雲杉平原上的小木屋，已經被一位來自費爾班克斯的警長封鎖，那個叫馬丁的男人再也沒有出現過。

漢斯說到這裡停了下來，伸手去拿他的菸草和捲菸紙，為自己捲了另一支菸。

「你認識馬丁嗎？」我問他。

「喔，我跟他不熟，而且那些年我不常去肖溪附近。」

他舔一舔菸紙、將它弄平整一點，然後劃了一根火柴，盯著窗外。他吸了一口菸，然後向光線昏暗的屋內吐了一團霧。

「總之……」他繼續說他的故事。

兩年過去了，馬丁的事幾乎被遺忘。一個春天的夜晚，漢斯與他的狗隊正要渡過結冰的塔那那河，位置在肖溪匯流口下游幾哩處。當時已接近破冰的時節，白天氣候很溫暖，到了晚上又變得極冷，有些地方已經有水從冰層底下溢流出來，然後又凍結成一層隨時會脆裂、危險的薄冰層。漢斯到達河面上的時候天色已黑，他和狗群踩破冰層，全部跌入及膝的水中。

漢斯一邊怒罵，一邊爬出了水面，然後將狗和雪橇一一拉到一個較穩固的冰層上。在潮溼、糾結、混亂的狀態下，他們跑到了最近的一個沙洲島上。在那裡，漢斯用漂流木升起一個火堆，然後架起營帳讓身體乾燥。

那天夜裡凍僵了，新的冰層開始裂開，發出口哨般的聲響，星星在春季短暫的黑夜中閃閃發光。漢斯躺下來，把自己包裹在那潮溼的睡鋪中，因為太冷而一直無法入睡。

第二天清晨他起得很早，因為昨晚緊急搭的營帳實在太冷，他一心只想趕快回家。沙洲上的雪早就被冬季強風吹散了，地面上剩下來的，是一層混合著雪、冰和沙的風化硬殼。到處四散著石頭、幾塊漂流木、矮小的柳木叢和一團乾硬的草，穿破地面風化硬殼，簇立在一角。

「那天早晨我起來後，身上還半溼著，衣服都結凍了。每隻狗，牠們都很餓，但是我沒有可以餵他們的東西。我開始找一些乾燥的木頭來生火，然後煮杯咖啡，然後，老天啊，我在漂流木中發現一個東西！」

卡在一大堆漂流木中、只露出局部的東西，是一個外面用粗纜線將帆布和木棍捆綁成一團，看起來很奇怪的包裹。漢斯覺得很好奇，試著拉扯那個包裹，然後看到了一根像是帶著關節般圓圓的、顏色蒼白的骨頭刺穿破爛的布料露了出來，他靠近細看，扯了一下骨頭，然後發現還有另外一根。

「老天！這到底是什麼鬼啊？我對自己說。然後我查看了那些骨頭，那不是麋鹿的、不夠重。我拿了一根放到腿上，然後另一根到手臂上，老天啊！它們看起來像是人骨！」

包裹裡有一半填滿了結凍的沙子和小石頭，漢斯努力的在包裹裡搜索，又發現了其他部分：一根肋骨、一根臂骨，還有一塊看起來像是肩胛骨，從包裹結凍的碎屑中露了出來，但沒有發現頭骨。

包裹很難從結凍的漂流木堆中取出來。當他用力拉扯的時候，帆布被撕破了，但漢斯仍然可以看見帆布兩側的長邊，各有一根蒼白的木棍。因此，他覺得那個包裹可能原本是個擔架，被人用幾條普通的電纜線捆紮起來，纜線緊緊纏繞，並在木棍上打了紮實的結。

漢斯意識到，自己可能發現了很重要的東西，但不能確定那到底是什麼。因為除了幾根骨頭、和它們被捆紮的方式，實在沒有其他可以辨識人體的證據；他呆在那裡，不確定該怎麼辦。太陽升得更高了，他實在很想喝杯咖啡然後上路。他想過劈開結凍的漂流木和冰塊，將整個包裹取出來，然後裝在雪橇上帶走，但這樣做實在太花時間，更何況他的雪橇已經滿了。最後，他決定將包裹留在原地，到了理查森之後，再告訴別人他發現的東西。

他將那些骨頭照著他發現時的樣子重新放進一個袋子裡。然後撿了一些木頭、生了一把小火堆、喝完他的咖啡，開始重新打包雪橇。他將僵硬的鞍具套好，然後讓狗兒們一邊吠叫、一邊拚命往回家的方向拉著雪橇，最後他們終於衝出冰面，往理查森的方向奔去。

那天稍晚，當他終於從雪橇上卸完貨、餵了狗之後，漢斯走路來到旅店，喝了幾周來的第一杯啤酒，一邊和努特・約翰森（Knute Johanson）聊天。努特年紀已經大了，無心經營事業，而且脾氣很壞，但還是讓旅店繼續開著，漢斯告訴努特自己遭遇了什麼事。

努特馬上顯得很感興趣，「唉！」他大聲驚呼，「老天！漢斯，你應該要帶一根骨頭回來呀！它們長什麼樣子？」

漢斯盡量向他描述各種細節，而努特專心地盯著他看。一雙細長的眼睛，在他那張樸素的臉上擰得更緊了。現在他們兩人的腦海裡，都想起幾年前失蹤的馬丁，特別是努特，儘管像往常一樣多疑，但已經十分確定那些就是馬丁的骨頭。至於骨頭是怎麼到那個島上的，他或漢斯都不打算明說。

他們繼續聊著，問題也愈來愈多，過去三、四年間還有其他人失蹤嗎？那一袋骨頭有可能是其他的動物嗎？為什麼有人會將動物骨頭捆綁成那個樣子？

再過一、兩天，漢斯又要回到原處過河，他同意到時會將整個包裹裝到雪橇上載回來；不，也許只拿回其中一根骨頭就好，盡量不要破壞整個物件。但一定要在島上做記號，這樣才能再一次找到它。而且最好趕快動身，因為如果陽光繼續這樣照射，幾天內河上的冰就會開始解凍融化。

就像所有年輕的河流一樣，塔那那河常常出現一些異常狀況，而且非常不可預測；它的河道在每年夏天都會改變位置。而每一次高漲的水位，都會改變那冰冷、灰色河床的樣貌。某一年在河道中央，可能會出現一個小島。靠著風帶來的種子或被河水沖刷而來的植物，島上會長滿柳樹和新生的綿白楊木，然而一年後，小島可能就會消失，那些剛長出不久的植物全被推倒，被夏季氾濫的大水沖刷到河底。有時春天的結冰會形成一個小水壩，造成水位不斷上升，形成洪水，淹沒鄉鎮。一塊塊浮冰漂進城裡，有些小木屋也整個被拔起。當冰壩潰堤，河水就會一瀉而下，夾帶著大塊融冰、死屍、遺失的船和垃圾奔流而去。

漢斯在理查森待了漫長的一天，他拜訪朋友、喝酒、砍木材，並為夏天的到來做準備。就在他打算回到原地點渡河的前一晚，北邊的一個河道突然解凍了，在這種狀況下，根本不可能乘雪橇過河，而他的船又遠在數哩外的清溪（Clear Creek）上，位在河的對岸。他只好等待；將近三周過去了。最後，終於等到一個人要前往清溪開始初夏的垂釣，於是漢斯搭他的便船前往上游。

「所以，我們搭著那艘大動力船往上游，河水非常急，許多冰塊和漂流木不斷往下衝來。我不斷找那座小島，我想我看到了，所以當我乘著自己的船往下游回來的時候，我停在那裡，然後又看了一下。那地方看起來應該是同樣的地方，但我不確定。」

島的一部分，看起來仍像是漢斯記憶中封在冰雪中的樣子，但那龐大的漂流木堆和卡在其中的破袋子和骨頭已經不見了。在原來的位置上，一些新生的白楊木歪斜地倚在水面上，它們的根全部暴露在被河水淘空的淺土上。

「哎呀那個漢斯啊！」理查森的一位廚子珊卓拉，在過了一段時間之後評論：「那些應該都是他喝醉後做的夢吧，你可不能相信他說的話。」

然而誰敢說那到底是什麼呢？也許那真的是馬丁，因為實在很容易想像當時的狀況。不斷積累的怨恨導致了一個決定：某天下午，馬丁突然被兩個人叫到小屋外面，然後被一把槍或斧頭殺了。他們將他抬走，屍體塞進一個裝了許多石頭的帆布袋，然後在夜晚沉入一個未結凍的河道裡。在當時要這麼做一點也不難，沿著河岸幾乎沒什麼人煙。然而沒有人能確定、其他人也不會談論這件事，只有塔那那河一直守著它的秘密。

我們坐在那裡，思考著這件奇怪的事。杯子裡的咖啡已經冷了，早晨的光線，照亮漢斯開墾的那片土地後方的森林，一縷薄霧從肖溪的水面升起。漢斯從窗戶邊轉身，打開火爐的小門，戳一戳還在燒的碳，然後他又開口說了，「人們以為我編了一個誇大的故事。但我很清楚自己看到了什麼，而且直到今天，我還是相信那些是馬丁的骨頭。」

他回頭，透過那副金屬框眼鏡，用一種銳利而奇異的眼神看著我。

在理查森的工事

一九四七年九月中旬的一個清朗下午，你會知道我指的是哪一種天氣：山坡上布滿了溫暖的黃褐色，天空晴朗無雲。即使空氣中平靜無風，樺木和赤楊的葉子還是緩緩飄落。

陡峭河岸上方、寬廣的平野裡，牧草殘梗和那些未割除的野草，變成一整片透明的枯黃。中間還夾雜一些鐵鏽色的柳葉菜和酸模，頑強地挺立著。它們帶著殘破羽翼、已經中空的種子莢，在深秋的風中輕輕搖曳。

一片寧靜籠罩大地。夏季的嘈雜聲：湍急的水流、交通繁忙的道路、尋偶的鳥兒、覓食的昆蟲，所有這一切都神秘的消失了。河道分成好幾股網狀交織著，最靠近岸邊、投擲石頭可及的淺水區裡，不斷沖刷石頭和沙礫的河水，似乎削弱了力量。即使距離這麼近，聽起來卻非常遙遠。

像這樣的日子，一聲叫喊、一個斧頭劈柴的聲響、或是烏鴉的一聲長鳴，都顯得清晰而幽遠。一些遲來的黃蜂，正嗡嗡嗡地忙著在那些已呈褐色的金盞花叢間尋找花蜜。一擁而上的聲響起起伏伏，填滿整個世界的空洞寂靜。

埃里森和我，正在為那間理查森的舊馬廄修補牆壁，敷上泥漿填補空隙，讓它在冬季可以更牢靠。我們已經工作了三天，今天是最後收尾。

每天下午，我們都從旅店過個馬路來到這裡，拿起前一天放在一旁的工具開始工作。好多年前開始，馬廄裡就已經不再飼養馬，於是這間用粗壯圓木建造的低矮建築，漸漸被生長茂盛的草皮屋頂掩沒。原本填補縫隙的泥料都脫落了，牆壁這裡那裡、到處都是風霜侵襲的洞隙；然而馬廄的屋頂還很完整，裡面的欄舍構造也都保持原樣。因為那些腐爛的牧草、和長久以來被踩踏得乾硬的糞便，泥土地面顯得顏色特別深。這個秋天，埃里森開始將馬廄改成雞舍，而他希望他那些母雞們，在即將來臨的漫長黑夜中，仍然可以保持暖和。

我們在那面飽受風霜、龜裂的灰牆上施工，慢慢進展到牆的高處。按照兩人的年齡和身體敏捷度，我們簡單做了分工：我現在是站在一個木梯上，拿著抹刀和托板工作，埃里森則在下方的地面上，將泥炭土加水，拌入一個五加侖、錫製的長方形淺槽裡。他動作熟練地用鋤頭柄來來回回攪拌，將褐色的灰泥漿混合均勻。

「你有去參戰嗎？」埃里森暫停手上的混泥工作，從他所站的陰影處往上看我一眼。

「喔，當然。」我回答他，「三年海軍，在太平洋服役。」

「見過很多作戰？」他從帽緣底下瞇起眼睛看我。

「喔，嗯，很多——太多了。」

我本來就不是話很多的人，而在那個平靜的下午，我更不想談起那些荒謬的全球政策、軍旅生活、各種強制的任務、以及不久之前才結束的太平洋戰爭。但為了不失禮，我還是補充了幾句：「大部分時間，你知道，都很無聊——總是等待狀況發生。」

埃里森一邊攪拌泥漿一邊繼續挖掘，「嗯，」他停頓了一會兒，「我想我全部都錯過了。」

「第一次世界大戰呢？」

「也錯過了。」他回答。

「也好。」我說，「反正那不是什麼有趣的事。」

然而有那麼一瞬間，我又回到戰爭的當下。在海上，戒備監視著，耳機夾在頭的兩側，在一個雷達螢幕上搜尋可疑的閃光，那是敵方的信號。而就在這戒備和戰事警報交替中，等待這一切結束。

然後，戰後不久，我又回到了學校，站在畫架前或坐在素描板旁，試著專注於形狀、線條和色彩——一個我完全不了解的世界。

我曾和一個女孩在一起一段時間，直到我拋下她來到阿拉斯加；現在我又看見我們兩個，被一道冰冷斜射的光照耀著，顯得遙遠模糊。我們在一個冬天的下午從市立圖書館走出來，正一起走回她家，兩個人手臂裡都抱著滿滿的書，聊著天、並期待接下來一起讀書學習的夜晚。

所有一切都穿過腦海然後消失，我又回到了當下、回到眼前的事物。回到這個我很享受去學習的簡單工作，還有這工作所包含的一切：包括砂質粘土裡閃閃發光的雲母礦質，黏在圓木縫隙中已經殘破不堪的泥炭苔。當然還有我眼前這面圓木打造的牆，處處布滿裂縫和節瘤，經歷歲月風霜後已經變得蒼白。我看見自己的手拿著抹刀，潮濕、棕色的泥堆在另一手的托板上；而我下方、靠在馬廄牆邊的埃里森，在游移折射的光中，頂著一張寬闊而紅潤的臉龐。他在閃閃發光的錫製槽旁，前前後後混和泥漿，發出柔和的刮擦聲，伴隨水和土噴濺出來的聲音。

當我專注在當下，細細品味每一個細節時，我是否察覺到，理查森這個安靜的鄉村，這個僅存少數居民、大家沿著一段礫石道路兩旁居住、仍用著老式工具過日子的偏遠世界，正慢慢消失著，即使我特地前來試著認識它？也許，藏在我內心深處的某一個部分很清楚，明白自己其實也是參與改變這一切的一份子。但目前，暫時就當作只擁有這一刻、只擁有今天，擁有其他那些會來臨的保證：下第一場雪時，在逐漸黯淡冰冷的光線中，一個模糊而確切的夢將會實現。

時間飛逝，手上工作安靜地進行著，而我的心繼續遊蕩。來到好幾天、好幾周之後，也是一個下午的時刻。隱晦的太陽躺在南方更低的位置，將它那冰冷、灰矇矇的光線灑在河流和田野上，地面已經有些積雪，厚度不超過一吋，散布在雜草結霜的殘梗上。

埃里森和我來到馬廄，準備宰殺他的三隻母雞，供應給旅店廚房。當我們穿過馬路、快走到馬廄門口的時候，埃里森開始說話——一半是說給自己聽。他強調這個時候來很正確，母雞們在黃昏的時候會回巢安頓好，在短暫的秋日結束前放鬆下來準備睡覺。

我們安靜地走進馬廄，將木板門上的木栓滑開。在乾草香味中，我們摸黑接近母雞們棲息的舊馬舍，牠們現在都停棲在橫梁上。當上方的陰影中，傳來柔和的咯咯叫聲和羽翼的騷動時，我們就停下來安靜的站一會兒。埃里森帶著手套的手往上一伸，抓住一隻母雞的腳，把牠從棲木上拉下來。然後交給我，他很穩當地做著這些動作，沒有一絲誤差。

我們像來的時候一樣安靜地離開馬廄，小心不要驚動其他的雞群。這隻鏽紅色的母雞緊張而僵硬地倒提在我手中，垂著粉紅色雞冠的頭不停左右轉動，明亮的黑色眼睛，驚訝地斜睨著一切。因為還半睡半醒，所以這隻雞並沒有大聲叫或拍動翅膀。

馬廄外，冷空氣中，我們走近木材堆前的一個雲杉木塊。旁邊靠著一把雙刃斧頭，斧頭柄已經磨損得發亮。

遵照埃里森的指示，我緊緊抓著那隻雞，將牠的頭和脖子平靠在木塊上，原本一動也不動的母雞，現在突然緊張起來，並試著掙脫。但我將牠抓得更緊，用兩手抓住牠的翅膀和腳，埃里森快速地揮斧——雞頭飛走了，埃里森要我將雞丟到地上。我們看見那隻突然斷頭的雞站了起來，開始拍動翅膀在潮溼的地面上快速奔跑，血從那切斷的脖子不斷湧出，然後，一陣無力地顫抖，那覆著鏽色羽毛的一坨物體，傾倒在染紅的淺雪堆上。

我已經捕殺過不止一隻野鳥，並且吃了牠們，奪取造物生命會讓我產生一些後悔的念頭，然而這是我第一次屠宰家禽。對我來說是一種學習，就像不久前敷泥漿牆一樣。面對屠宰的手法、斧頭和那些鮮血，我的感官似乎以一種前所未有的方式被喚醒了。在這大約十五分鐘專注的過程中，從打開馬廄的門到揮斧，我既恐懼又著迷的注視著埃里森和我自己。

我們回到馬廄去抓第二隻雞，然後再一次，斧頭落下砍在木塊上。聲響中、雞頭飛走，然後那隻無頭的鳥禽同樣也是拍著翅膀、奔跑、倒下。當我們第三次來到馬廄裡時，發現母雞們都醒了，警覺的咯咯叫著。這次，埃里森想要抓住牠們其中任何一隻，都變得更困難，但我們還是成功了。再一次，我們站在那沾滿血的木塊旁，看著那團鏽色羽毛的物體在雪地裡短暫激昂奔走，然後安息。

工作完成了，我們將斧頭留在馬廄旁的木塊上，提著這幾隻死去的母雞的腳，埃里森兩隻、我一隻，走過乾枯的雜草叢，穿越石礫道路和院子，走進旅店的廚房。那天晚上，埃里森的妻子貝兒會將雞毛拔除，然後當晚的餐桌上，就有烤雞和炸雞可以享用。雞湯將供應給旅店餐廳，然後其中一隻會送給城裡的一個朋友。

我們背後田野的天色已經昏黃，也顯得更冷了，很快黑夜就會來臨。在馬廄牆面的遮陰下，空氣露出更深的寒意，埃里森從他所站的混泥槽旁的位置往上看，他的臉因為工作和寒冷顯得通紅。那隻有點嚇人的藍眼睛銳利地查看著，掃過整個牆面上部，最後宣告我們的工作快完成了。

我將托板上最後一塊泥漿，塗進塞了青苔的圓木隙縫裡。不慌不忙地繼續進行手上的工作，我將那冰冷的泥抹平，再用抹刀的刀鋒，將泥推進裂縫；當我完成後，身體往後倒、遠離梯子查看牆面。一陣滿意湧上心頭。帶著棕色乾泥紋理的圓木牆面，現在看起來非常平順整齊，雖然樣式簡樸，但這座馬廄在冬天裡將會非常牢固和溫暖。

帶著抹刀和托板，我爬下梯子回到地面，埃里森正在清空泥槽，並清洗他的鏟子和鋤頭。我刮了刮托板，將黏在上面的最後一塊泥團敲掉，然後將抹刀在我腳邊的乾草梗上擦一擦。和昨天、還有前一天一樣，我們將工具收在馬廄旁的遮棚下。

夜晚降臨了，現在午後的工作結束，我才意識到我的手很冷，整個身體也因為長時間站在梯子上而凍僵了。我脫掉一直戴著的、潮溼的手套，將手塞進夾克口袋裡。氣溫驟然下降，可以判斷今晚應該會結霜。

當我們回頭走向旅店時，埃里森說了一些感謝我幫他忙的話，我回答說那不算什麼，因為我也從中學到了很多。

我們在路邊站了一會兒，一輛龐大而獨行的卡車轟隆隆經過，掀起一陣冰冷的塵霧，然後在無風的空氣中慢慢飄散。片刻安靜之後，我答應埃里森

一、兩天後會再來幫他鋸一些木柴。在我們後方，位在馬廄側邊的草地上，堆著一大落長長的雲杉樹幹，而在旅店的院子裡還散亂地堆疊著另外一、兩堆，等著巨大的瓦斯動力電鋸來處理。

我在路邊與埃里森分開。那天晚上，我不打算加入他們共用晚餐，因為家裡還有些雜事等著我去處理。我們彼此道別，趁著森林裡還有光線，我開始走上那條穿越平野、往山延伸而去的道路。一個高聳、黃色的龐然大物，我熟悉的山嶺就矗立在眼前，陽光還照耀在它的頂峰上。

剛入夜，安靜而清冷，路兩旁的森林裡，完全沒有一點鳥鳴聲。而我聽得見河水低沉的聲音，從遠方穿越樹林傳來。在短暫的瞬間，它彷彿帶我穿越了焦油木板橋下緩緩流動的班納溪。除了這些，唯一還能聽見的，是我自己的靴子踩在路旁石礫上發出的嘎吱嘎吱聲。

我聞到夜晚燒材的煙味，不知從哪傳來，也許在遠離道路的樹林裡。有某個我還沒見過面的人正在煮晚餐。這個念頭提醒我，從中午開始就沒吃任何東西，肚子好餓，而現在應該已經接近七點了吧，我猜，雖然我沒有手錶，但我正學著如何依據光線來判讀。那道從下游山嶺狹縫間穿過來的光，現在已經降得很低了。

路上完全沒有車，沒有輪子翻騰、沒有灰塵，我獨自行走著，一步跨過一步，在這條蜿蜒的礫石路上孤身一人。當我行走的時候，常常觀察道路兩旁幽暗的森林，並沒有什麼要特別查看的。只是想默默記得各種樹的名字，辨別樺木和赤楊樹下的影子，然後想著晚餐、木柴和水，想著那些忽遠忽近、在我腦海裡來了又去的各種事情。

當我來到河岸的高崖處，道路從這裡開始變得平直、並緩緩下降。我停下來，在暮色中往河谷望去，光線灑在水面、沙洲和遠處的山嶺上，一切都瀰漫、浸染著黃色，讓人分不清到底這光是來自傍晚的天空，還是從秋天的大地中湧現。

我聽著山崖下河水裡的卵石碰撞著，順著那些水量減少的河道滾滾而下。有好長一段時間，我覺得自己彷彿也屬於風景的一部分，屬於那雜草叢生、漆黑的島嶼和蒼白的沙洲，屬於那映照著銅色閃光、彎曲盤繞的水流，屬於這逐漸昏暗、偏遠地域的夜。

我轉身繼續前行，不久，就看到農莊所在的山嶺和溪床深色的陰影。我

暮色

八月的一個傍晚，從麥考伊溪回程的山徑上，佛萊德・坎貝爾和我停下來休息一下。秋天的夜晚即將來臨，而過去一個小時裡，我們都走在昏暗的暮色中。我們暫時站了一會兒，背上的行李壓得我們只能駝著背、倚在手杖上。在這個無風、安靜的夜晚，我們聽到頭上有一個細小的聲響，啪地一聲，然後發出嘰嘰喳喳的聲音，我從來都沒聽過這種聲音。

「那是什麼？」我問。

「應該是飛鼠。」

後來我在夜間穿過森林回家的路上，又聽見一、兩次類似的聲音——一種從我頭頂的樹上發出的乾澀、尖銳鳴聲。雖然在黑暗中，我完全看不見附近有什麼，那聲音有點類似樹枝在風中互相摩擦而發出的嘎吱嘎吱聲響，一種只屬於夜晚的聲音。

後來某個晚冬，一隻飛鼠竟然跑來我們房子旁的餵鳥架上。牠可能是被窗戶裡的光吸引，或是在黃昏時，常常看見鳥兒們在這裡來來去去。當這隻飛鼠發現了餵食器，就常常在傍晚或天黑後跑來——很少在白天出現，特地跑來吃我為山雀和啄木鳥準備度冬的玉米粉、麵包屑、脂肪和種子。

當飛鼠來的時候我們總是聽得出來，牠降落在餵食架時，會突然發出「碰」的一聲。藉著房裡掛在窗口的煤燈，我們可以看見牠在寒冷中弓著背，保持警戒地、一小口一小口啃著食物：牠實在是一種小巧精緻的動物。豐厚的毛皮閃著棕灰色的光澤，有蒼白的腹部，還有一雙夜行性動物擁有的黑色大眼睛。牠很快就跟我們變得親近，允許我們其中一個靠近補充更多食物，飛鼠會繼續咀嚼著種子，幾乎沒有打算停下來。牠的黑眼睛在手電筒照射下閃閃發光。

某天傍晚，太陽剛剛落下，飛鼠已經在屋外待了一陣子，我親眼目睹到牠如何離開餵食架。牠先跳到房子旁的一棵高大白楊樹的樹幹上，快速爬到頂端，然後朝著附近樺木的方向躍入空中。我看見牠毫無困難的在空中滑行，最後落在樺木樹幹較低矮的位置。再一次快速往上爬，然後再躍向空中，往森林的方向飛去。

那場在暮色中上演、技巧高明且毫不費力的飛行讓我回味無窮。我想起許多年前，我曾為了逗狗玩而試著甩下一隻在樹上的紅松鼠。那隻松鼠高高的躲在柳樹的一條細長枝條上，周圍沒有距離夠近的樹讓牠可以跳開，隨著搖晃加劇，柳樹枝開始前後大幅擺動，那隻松鼠本來緊抱著最高的枝條，突然跳向空中。我看著牠用一種像慢動作降落的方式掉下來，四肢向外張開。伸得僵直的尾巴上，長毛飄動飛舞著，牠看起來就像是漂浮著落地，當牠落在我附近乾枯的草皮上時，發出輕柔的「碰」的一聲。摔落的距離應該超過三十呎，牠躺在那裡不動，然後，突然從驚嚇中恢復。在狗群抓住牠之前，快速跑向附近一棵大樹的樹幹，然後往上爬到安全的地方。

當我看過那隻夜行飛鼠展示的膽識和技巧之後，我想，如果給那隻松鼠足夠的時間，例如一百萬年。讓身上鬆弛的皮膚慢慢延展，也許牠就能展現完美的翱翔技巧。

後來到了春天，第二隻飛鼠也開始光臨我們的餵鳥架，牠們兩個總是一起來。跨越整個春天進入夏季都持續出現，我們以為可以永遠把牠們留在農場裡。但有一天，我們從外地野營回來時，發現其中一隻飛鼠臉朝下浮在雨水缸裡，這個集雨水的大缸放在房子西南側角落，距離餵鳥架只有幾呎遠的距離。當時缸裡只積了半滿的水，因此讓掉進缸裡的飛鼠爬不出來。在這個事件之後，我用一個蓋子蓋在水缸上面，但也於事無補，另一隻飛鼠再也不回來了。

接著，在同一年的冬天，一隻飛鼠被發現死在旅店裡。一個棚屋的門忘了關，飛鼠很明顯受到裡面一袋狗飼料的吸引而跑了進去。後來門被關上，那隻飛鼠無法出來，就被凍死在裡面。牠被發現躲在一個架子上，身體整個蜷曲成一個僵硬的小球，看起來就像一團毛茸茸、凍結的毛球。

旅店主人知道我是業餘的陷阱獵人，問我是否可以幫他剝製飛鼠毛皮。他想掛在酒吧牆上，作為他獸皮收藏的一部分。

我將那嬌小、僵硬的動物帶回家，它的身體小到可以直接放進我的雪衣口袋裡。我將它解凍之後，小心地剝皮。為了繃這張精緻的毛皮，我還特別做了一些試驗，設計了一塊薄一點的繃皮板。這張皮在延展繃平之後，成為一個大約七乘八吋的方形，那輕薄、覆著毛的飛行翼膜，連接在小巧、帶著爪子的前後腳之間，看起來就像個披風或風帆。整張皮乾燥後，柔軟茂密的毛，呈現棕色和乳白色對比，鑲著黑邊的美麗圖案。

✦

很多年前，理查森有隻飢餓的狐狸會來旅店討食，牠通常都在夜晚穿越雪地前來，一身紅色皮毛，豐厚的尾巴像把刷子，末端帶著黑白毛色。牠很害羞，有時會不信任地咆哮一聲，總是從我們手上咬住遞給牠的帶肉骨頭，然後馬上躲進黑暗中。

在感恩節晚上，附近的鄰居和公路沿途的居民都聚集到旅店來。好多人一起吃吃喝喝、唱歌跳舞，狐狸在那天晚上也來領取牠的食物，我們全都看見了牠。稍晚，一陣短暫的沉寂之後，我們聽見一輛車在外面的公路上停下來，然後在我們重新開始的音樂和交談聲中，隱約聽見一聲槍響。那輛車又開走了。聚會中的某個人走到外面查看，發現路邊一灘鮮血，凍結在雪地裡。

還有另外一次，在耶誕節晚上，我們鄰近的一些住戶聚集在旅店裡。那年冬天的雪積得很深，從屋簷下，靠著外牆一直堆高到窗台邊。當年森林裡鬧飢荒，野兔數量很少，肉食動物更是難以生存。

在夜晚的聚會中，有人突然叫大家注意，所有人紛紛從吧臺轉頭，看向牆上高處的一扇窗戶，一隻成年的郊狼映照在光線中，正往屋內注視著。參雜著灰白的黃褐色皮毛下，郊狼骨瘦如柴、看起來非常餓，牠站在窗框中如同一幅精緻的畫，那雙熱切的黃色大眼，凝視著屋內的燈光和突然安靜下來的人們。然後，郊狼意識到自己被發現了，立刻像灰色的鬼影般，轉身消失無蹤。

✦

我的一個老朋友和鄰居，住在白樺湖對岸、大約距離理查森西邊十哩遠的地方，養了一隻土撥鼠當寵物。牠在很小的時候，從洞穴中走失、四處流浪時，被一個勘查隊員撿到，送給我的朋友。經過細心照料和餵養，這隻小動物長得肥胖又溫馴，連家裡的另一個成員——一隻年老的哈士奇犬都願意接納牠。

每年秋天，當樺樹的葉子被吹落一地，湖裡的水從岸邊開始結凍，第一場短暫的降雪飄過冰冷、陰暗的湖面時，土撥鼠就會躲進牠在木柴棚角落挖的一個地洞裡。很快地，雪就會將地洞入口完全掩埋，一直到隔年晚春之前牠都不會出來。當土撥鼠再度出現時，先在強光下眨眨眼，坐在太陽下梳理牠那斑白的棕色厚皮毛，然後在夏日的陽光中，牠又再度自在地四處走動，那胖胖的身軀穿過院子，在菜園光禿禿的地面上到處搜尋，試著找新鮮的嫩芽和夏季的綠葉來吃。

每年初夏，當土撥鼠交配的時節來臨，牠就會站上劈柴的大木塊或犬舍的屋頂，將身體直立起來、四處探查，用牙齒發出咯咯咯的響聲或嗚哨聲。那尖銳的響聲穿過田野、傳到鄰近的樹林裡，但無論牠坐在那裡多長時間，又等待、又吹哨，就是沒有任何伴侶出現。最後又到了冬眠季節，土撥鼠憤怒地磨著牙進入冬眠，等待明年夏天再一次嘗試。

隨著年齡增長，牠的脾氣變得暴躁，而且具攻擊性。對於牠認定為家的領域——院子、木柴棚、房舍，都有一種強烈的佔有慾，而且非常強勢地試圖保護牠的人類和狗家人。當牠變得愈來愈兇暴，就會攻擊所有進入領域的陌生人，一邊咆哮、一邊用上下門牙大聲敲擊，發出威脅的聲音，甚至會追逐那些不小心走進家裡的訪客。為了要阻止這隻動物，我的朋友有時必須用掃把把牠趕到角落，然後關進一個鐵絲籠裡。一旦被鎖進籠子，土撥鼠會變得更憤怒，嘎嘎大叫、用力搖晃、咆哮、並試著咬斷鐵絲，過好一陣子才能平靜下來，漸漸入睡。

最後，在夏末的某一天，我的朋友帶著遺憾將土撥鼠趕進籠子，用船載著牠穿過湖到對岸，然後再用車子開到數哩外的森林裡，將牠野放。從此牠再也沒找到回到樺樹湖的路。雖然我們有時還是會想起牠那結實、忙碌的小身影，但都無從得知牠是否能獨自安然的在野地生存下來。或者，當牠在一個陽光普照、乾燥的山坡地覓食時，終於遇見牠的伴侶，而牠那一直以來受挫的本能，也終於獲得滿足。

✦

某個初夏，我在理查森處理夏季日常的工作。在農莊院子上方的山坡清理一些樹木時，聽到森林裡傳來一陣嗚咽聲，聽起來讓人非常感動而且心痛，像一個被遺棄的嬰兒在哭。聲音的源頭，感覺是在距離我不遠處的地面上發出來的，但準確的位置確無法確認，而且我懷疑那可能是一頭幼熊在呼喊媽媽。讓我憂心忡忡，不斷往那片幽暗的夏日森林裡探視。

過了一段時間之後，我去拜訪佛萊德．坎貝爾，向他形容那個聲音，並問他那可能是什麼？他想了一下，然後用一種理解的微笑看著我，帶著他特有的優越感說，那應該是豪豬在找伴侶的叫聲。「每年大約這個時候，牠們都會發出那樣的聲音，然後在森林裡四處遊蕩。聽起來就像從四面八方傳來，而且是從地面發出聲音。我發誓，就算你再怎麼努力找，都很難發現那小東西。」

許多年之後，在一個初夏的午後。我正從郵箱走回房子時，又一次聽到那哀怨的嗚咽聲。從溪流對岸、乾燥山坡上的某處傳來，位置感覺比我所在的地方再低一點。於是，我決定要試著用叫聲把那頭動物引來，確認牠到底是什麼。

我從高起的路肩往山坡走下去，蹲在赤揚灌木叢邊緣的一小塊空地上。將雙手捂在嘴上，開始發出叫聲，盡我所能模擬那奇怪、間斷的哭聲。很快地，那隻動物似乎開始回應我，然後我們開始了對話。

一陣間歇的寧靜中，森林裡不再傳出哭聲。所以我又開始呼喚，然後對方再一次回應我。很快地，我聽見有什麼東西擦過灌木叢，發出刷刷刷的聲音、緩慢而笨拙地踩著去年的落葉前來，然後停下來。當我再一次模擬那哀怨的哭聲時，牠才又繼續往前。

最後前方的雜草和灌木被分開了，一隻大豪豬用牠的黑鼻子穿過重圍，走到空地上，停在我面前。牠用後腿站立起來，距離我不到三呎遠，將頭偏到一邊，那雙黑眼睛眨都不眨一下、懷疑地看著我。

我在牠那幾乎盲目、充滿質疑的凝視中，完全保持靜止。看著牠渾圓的黑鼻子在空中不斷嗅聞著，猶豫不決，往我的方向傾靠了一下，似乎想走得更近一點。牠距離我這麼近，彷彿再給牠一點鼓勵就會爬到我的大腿上，但牠沒有。夏天午後混雜的氣味，在那不斷抽動的黑鼻孔中組合排序，將訊息傳送到那顆小腦袋的深處。

豪豬慢慢將前腳著地，準備轉身離開，但牠猶豫了一下，稍微轉向我。好像不情願放棄在那些回應聲中許下的承諾。但很明顯地，那蹲在陽光下、一身卡其色的形象有什麼不太對勁，而持續盯著牠的眼神也有點異樣。豪豬最後還是拖著牠黃色斑駁的沉重身體，鑽進樹林中。我聽見地上的樹葉再一次被踩碎的聲音，牠默默退出，滿懷著背叛的無奈。

✦

在一個十月的下午，我在塔那那河的一個河道上釣魚。水非常清澈，水流中還漂著一些浮冰，我站在一個離河岸樹林不遠的沙洲上，小心地操作附有大魚鉤的竿子。在我身旁還積著雪的沙洲上，躺了不少鉤上來的紅皮鮭魚。

當我站在那兒，專注於水中的動態，偶爾鉤上一隻鮭魚時，我感覺除了水流和浮冰刮撞的聲音之外，好像還聽到了些什麼。覺得自己並不是單獨一人。我轉過身，抬頭望向身後的樹林，當時已經接近傍晚，陽光被雲遮蔽、呈現灰色。但我仍然可以看見樹林邊緣、一棵歪倒的大白楊木橫向延伸出來，距離地面約幾呎高的陰影中，一隻大山貓就蹲伏在那棵倒樹的頂梢。牠閉著眼，從容地用前腳在乾燥的樹皮上抓癢、磨著爪子，那隻動物似乎完全沉浸在牠正在做的動作。我覺得如果沒有背後的水流聲，幾乎可以聽見那隻大貓正滿足地從喉嚨發出低沉的呼嚕聲。

山貓停止抓癢的動作，眼睛睜開，用牠那雙黃色大眼迷茫地看著我。注視中沒有任何警戒，也沒有一絲恐懼。我們凝視著彼此一會兒，雙方都看穿了各自的幽暗陰影，然後，我不想繼續這場對望，於是盡可能漫不經心的轉身回到釣魚上。當我再一次回頭看的時候，山貓已經離開。

死亡

早在開始森林生活之前，我對於死亡的認知，就超越了任何確切經驗的深度。它像是一種由不同圖像組合而成的記憶：夏天路面上被輾過的蛇，在太陽下冒著血腥氣味，那麼晦暗、扁平。跟我前一周在草叢裡看到柔軟、閃閃發光、活生生的蛇那麼不同。我也曾經從後院池塘底，撈起一個溺死而腫脹的青蛙，我將牠拿在手中，納悶牠為什麼沒有呼吸；一隻死去的鳥，在牠腐爛的鼻孔中，蜷曲盤繞著許多白色小蟲。這些都是來自一個尚未受過教育的孩童、赤裸裸的印象，其中幾乎沒有任何本能的懼怕。

甚至我在小的時候，就曾看過一個女人摔碎的屍體，四肢大開攤在城市的人行道上，她從幾層樓高的窗台上跳下來。躺著的身體被棕色衣物掩蔽，至於其他的部分，從我站著的地方什麼也看不見。母親緊抓著我，擠在市中心大街上的人潮中。在那之前聽到有人尖叫，然後空氣中一陣風，只瞥見一個四肢開展的形體飛落，然後是落地時發出「碰」的一聲。我被趕著離開，再也看不到更多了。

接著在我將近十歲時，也有過溺水的瀕死經驗，死亡化成我沉入的那個綠色幽冥。水深和寒冷，讓我變得遲緩麻木，然而在我上方、漸漸從水面消逝的陽光，看起來又是那麼奇特。

另外一次是在那次瀕死經驗之後，我大約十三歲，我們住在加州郊區的一條街道盡頭。在那之後是無人居住的鄉村，從我們的後院，有一條上坡的小路通往開闊的野地。

一個春天的早晨，當家人們從教堂回來，我們一起享用遲來的早餐後，我自己一個人前往野地散步。我不記得當時頭腦裡在想什麼，也許是被那年輕糾結的情緒搞得很混亂，或者像往常一樣，純粹只是享受開闊的天空和陽光普照、溫暖的草地。

那條小路很快就併入一條狹窄的鄉間道路，滿是車輪痕跡的泥土地，在冬雨之後顯得潮溼，一些比較深的車轍還會形成淺淺的小水塘。我剛越過山頂，就看見前方路邊躺著什麼東西。我走上前，發現原來是隻兔子，已經死了，牠那白色與棕色相間的皮毛被撕裂，而腹部整個被剖開。

我走得更近一點，停在牠正前方，有那麼一會兒，我只是站在那裡，看著那個完整保存著撕裂狀態的動物。藍色、鼓脹的腸道從身體裡溢出了一半，沾滿了血、在早晨的陽光下閃閃發亮，已經有些蒼蠅嗡嗡作響地圍過來了。

一種無名的驚恐攫住我，只能聽見蒼蠅和其他昆蟲嗡嗡的聲響，附近某個看不見的地方，傳來雲雀的鳴唱。周圍什麼都沒有，沒有人、獸、鳥或掠食動物的跡象，過了山頭，在那一片黃草地上，甚至連一片屋頂都看不到。陽光下的野地裡，只有我，獨自與死亡在一起，那真真切切的、肉體的死亡。

似乎有些什麼新的感受，超越了那躺在路邊、一動也不動的形體，超越皮毛上乾涸的血——那些我以前都見過了。當那內臟全部外翻、閃耀著驚人的藍色，那最隱晦的內在被剖開、噴濺到它原本不屬於的光照之下時，一種原本隱藏的覺知似乎被喚醒了。也許是第一次，我感到一種全然的孤獨，而我剛好在那喜歡獨處的年紀。當下明白了那就是死亡，一種最寂寞的孤獨。

在驚慌中，我開始往前走，試圖遠離那場景。但即使越過長滿草的山坡，仍有好一陣子，我還是不時回頭張望。好像擔心那靜默、殘缺的形體，從潮溼的地面站了起來跟著我。也許我害怕的是，在那寂靜、陽光普照的鄉間、在草地裡、甚至在雲雀的歌聲中，死亡都正等著我。

我根本不知道那天早晨在教堂裡，到底聽進去了什麼長篇說教，有些東西深深影響我的心情，促使我漫無目的走著——是關於生命的有限嗎？還是關於死亡以及死後的世界、關於獎賞和懲罰？我不記得了，然而我深深覺得自己是有罪的，但為了什麼？我不知道。

那天早晨我走了一段很長的路，既煩惱又困惑。回家的時候我經過同樣的路，雖然像之前一樣害怕，卻感覺到在抗拒中被什麼吸引著，我必須再一次看看那死亡的樣貌，我必須知道。

但是當我再次來到路邊同樣的地點，圓形的山頂上，卻發現什麼也沒有。我環顧四周，猜想自己也許記錯位置，那隻兔子可能還在附近某個地方。現在，牠的消失讓我更感震驚，我真的有看過牠嗎？但沒錯啊，因為在草地的邊緣、棕色的土壤上，有一塊小小深色的斑點，顯然是血跡，在那旁邊還有一小撮兔毛。

我試著解釋這狀況，某個動物——隼或狐狸，可能因為我的到來被嚇到，暫時將牠的獵物拋棄在路邊而躲開。當我離開之後，牠又回來取走了牠的食物。

當我往回家的路上走著的時候，仍被恐懼的感覺糾纏著。我想自己不會跟任何人講我看到的景象，讓它成為我與那片草地和那隻看不見的雲雀之間的秘密。那天早晨的印象，跟隨著我好長一段日子，甚至有一陣子，我散步的時候都會刻意避開那段路。過了更久以後，當我翻越那個山頂，獨自一人或跟朋友一起，我都覺得似乎會再看見那隻兔子。看著牠毫無預警地，從草地裡起身站到我眼前。挺著那不可思議、膨大、鼓脹的肚子，充滿了脂肪，在陽光下閃耀著明亮的藍和綠。但這一切都是我的幻想、一種潛伏的情緒，充滿了疑惑和揮之不去的恐懼。

田野上驚世駭俗、意外的景象轉瞬即逝，在夏日的大雨沖刷中慢慢瓦解。之後我面對死亡時，總是感到令人費解的平靜。就像那個明亮而寒冷的冬日，當我在農場入口附近的雪堆上，發現一個結凍的朱頂雀時一樣；我完全無從得知那隻鳥怎麼會死在那裡。也許是被路過的車輛掀起的陣風嚇到了，或是在瞬間轉暖的冬日陽光下，啄食著少數伸出雪地、雜草桿子上鼓脹的種子時，不小心睡著了。牠的身上完全沒有傷痕，連羽毛都完好無損，在蓬鬆的絨毛下，細小的兩隻腳已經僵硬，眼睛半閉著，凍結成水晶狀。兩側的鼻孔垂著白鬚般的霜，而牠銹紅色的頭頂顏色鮮明，鮮紅的胸部在我觸摸的時候，幾乎還是溫熱的。但牠完全僵直不動，胸腔和裡面的心臟已經結成冰。把牠放回雪地前，我將那隻鳥拿在手裡一會兒，感覺牠完全沒有了重量。

那渺小生命消散的景象，讓人覺得一隻鳥和一片葉子沒什麼不同，被風拂過就飄落。而我們似乎都一樣，生命的本質都是易碎的——領悟到這脆弱的共通性之後，我們似乎很快又忘記了；也許，遺忘是必要的。因為如果我們一直記得，可能會變得無法忍受，畢竟認知這個事實會給人帶來極深刻的傷痛。

✦

我又一次看見那個破損、石化的馴鹿頭骨。多年前的一個秋天，它被遺棄在苔原上。現在只有半截鹿角露出來，整個頭骨都被深埋在厚厚的苔地下，青苔、逐年累積的老葉和各種植物的殘骸，幾乎將其餘部位完全掩埋。

當我將頭骨微微翻起，我看見在掩埋線以下，一層薄而綠色的霉菌黏在骨頭上，肉、骨髓和筋腱早就消失不留痕跡。其他部分，包括上顎和幾顆鬆弛的臼齒、長長的鼻骨、眼窩以及耳朵後方發霉的凹洞，都變得蒼白、石化而且易碎。那支殘存的鹿角上，留著嚙齒動物啃咬過的齒痕。顯示在幾年前，當頭骨還新鮮時，嚙齒動物會來啃食它，攝取骨頭中的鈣質。

那些根著在頭骨上的小地衣和苔癬，長久以來不斷分解頭骨上殘留的所有組織。如果我走遠一點，在一定的距離眺望這個頭骨，它看起來就像一艘小船，被船長和船員遺棄，失去方向和動力，慢慢沉入青苔和凍土裡。那凍原上的生物，潮溼、綠色的海洋，掀起微小的浪，年復一年沖刷著蒼白的殘骸。遲早，陽光、雨水和冰霜，就會完全佔有它。永別了。

✦

十月初某個下雪的日子，我在理查森的房子裡，獨自一人吃著早餐，心情沮喪。因為知道麋鹿的狩獵季節已經結束，而我卻沒有任何足以過冬的肉。整個乾燥寒冷的九月下旬、超過兩個星期以上我都努力外出狩獵，但除了足跡之外，什麼也沒發現。冬天快要來了，地上的積雪已經將近八吋了，我知道如果要找到麋鹿的話，我必須前往更遠的山上。即使我獵捕到了，也已經是牠們發情的末期，肉質一定變得又瘦又硬。

當我清洗著早餐的鍋子和盤子時，我覺得好像聽見外面有些聲音，感覺像是一種低沉的吼聲，院子裡拴在鍊子上的狗，開始尖聲地汪汪叫。我跑到門邊往外看，大吃一驚，竟然看見一隻龐大的公麋鹿，正緩慢穿過積雪的菜園，往山坡上走去。

那隻麋鹿走在一片經過開墾的白色雪地裡特別顯眼，牠停頓了一下，往下眺望我們的房舍和院子，就在那短暫的瞬間，我們似乎有了一種默契：牠給我一種不是處在良好狀態的印象，也許牠在打鬥中受挫，或是被自己的消沉困乏擊敗，但不管怎麼樣——牠將成為我的食物，而且自己走來我的院子裡。

我已經將來福槍拿在手上，但就在那時，一輛車從房舍下方的公路上經過，而且因為剛下過雪而開得很慢。雖然我急切地想要那隻麋鹿，但又擔心如果在那開闊的山坡地上開槍的話，會被別人發現我在狩獵季節外打獵；我只好耐心等待。眼睜睜看著麋鹿爬上開闊的坡地，朝馬鈴薯田的方向翻過山頭，消失在視野中。

我立刻決定跟上牠，既然牠看起來一點都不匆忙，我決定從另一條路爬上山頭超前攔截。我很快地穿上鞋套、帽子、夾克和手套，來福槍拿在手裡，我在飄雪中出發趕往山頂。

我持續往上爬坡，沿著幾年前開拓的一條山徑穿過森林，一刻也不敢停下來休息，我持續不斷前進。希望這降雪的天氣和積雪沉重的樹枝，可以減弱我行走時發出的聲音；沒多久，我就來到一個狹窄山脊的頂端，在這裡，山徑開始變得平坦。而我發現了麋鹿的足跡，牠才剛從我前方經過，應該沒有領先太遠。我氣喘吁吁，在剛下過的雪地裡絆倒，但我繼續追蹤著足跡、決心趕上那隻麋鹿，即使有可能失敗也要放手一搏。

走了不到四分之一哩路，我來到一個地點，從這裡開始山徑變得筆直，我可以清楚看見前方的狀況。又過了二十碼之後，終於趕上麋鹿，牠站在幾棵樺樹之間，看起來像一個龐大的棕色物體，輪廓因下雪而顯得模糊。牠就停在山徑上，微微地回過頭，往我的方向看過來。

因為漫長的爬坡，我身體還顫抖著，但還是舉起槍，試著搭著旁邊的樹作射擊瞄準。看到我的動作，麋鹿警覺了起來，突然開始往前小跑，迅速地離開。我沒時間再仔細瞄準，因為牠很快就會消失在視線中，而我經過了漫長的爬坡，已經沒有力氣再繼續追逐。所以我瞄準牠尾巴根部下方的位置，然後開槍。

聽到槍聲，麋鹿跳了一下，以更快的速度往前奔跑，然後停了下來。當我靠近牠時，牠轉向山徑的一側，然後開始往樹林裡走。好像想要暫時停止片刻、去思考一下到底發生了什麼，當牠的一隻深色大眼轉向我，我可以看見眼神裡有一種遲滯的驚慌和困惑。不確定我是否已經打中牠，我準備再開一槍，然而就在此時，牠腳步一個踉蹌，想要站穩，卻往身體右側重重跌倒，發出一種柔軟、緩衝的嗖嗖聲，將一些乾燥的雪花噴濺到空中。牠試著想將頭抬起，然後還是讓它垂下。當我走近時，看見牠從胸口發出一聲長長的嘆息，一隻腿開始慢慢僵直。接著，下著雪的森林完全沉默下來。

麋鹿那隻張著的眼睛，茫然地凝視著樹上一片慘白，幾片雪花落在眼瞼上、鼻孔殘留的溫暖融化了雪，滲進那不再擺動、長長的耳朵裡。

這隻龐大、深色的公麋鹿靜止不動了。我像往常一樣，在這種時刻感覺到一種奇特的痛苦情緒，如果那可以稱為「情緒」的話——混合了敬畏、後悔、欣喜和解脫。現在，出現一個安靜的空間讓人終於可以喘一口氣，明白那些迫切且必要的工作已經完成了。所有的不安和不確定，暫時也結束了。

我沿著積雪的小徑下山，回到家裡去拿我的刀、斧頭、鋸子還有一段繩子，然後再一次沿山徑上山，很快速地開始處理麋鹿屍體。首先，我砍下牠那有著沉重鹿角的頭，然後將一隻前腳綁在樹上。試著將這沉重、無生命的龐然大物翻過身，保持平衡地仰躺著。一如往常，這過程對單獨作業的我來說非常艱難，但現在關於死亡的一切已經被遺忘了，有些事情開始轉化：那曾經充滿活力、自由呼吸著、能夠感知一切並四處移動的動物，現在只是供我食用的肉和各種可利用的材料，成了一堆覆著毛皮的骨頭和肌肉。

當我切開厚皮，將腹部裡的器官拉出來的時候，一陣紅色霧狀的蒸汽噴濺到下著雪的空氣中。很快地，在那紅色蒸氣彌漫的腔室深處，我可以清楚看見，緊繃的肌肉隔膜將上軀幹分隔開來。憑著感覺，我用手在那溫熱、糊狀的胸腔內工作，將氣管鬆開，然後整理胃和腸子，將那沉重、長型的胃袋翻出來，也將那充滿皺褶、長繩狀的腸子攤在雪地上。外膜上完全沒有脂肪包覆，腎臟周圍也沒有，但對這狀況我並不意外，雖然肉質會很乾瘦，但總比什麼都沒有好。

現在，所有內臟的器官都敞開在光線下了，我發現唯一的子彈穿過整個身體的內腔，卡在脊椎下方，將環繞心臟的血管切斷。死亡來得迅速，幾乎沒有肉被糟蹋。

那天下午，我冒著雪將切成四等分的肉拖下山，掛在屋後的架子上。一周後，一陣強風從南方吹來，許多雪都融化了，春天般的溫暖彌漫整個森林。那頭麋鹿死去時倒下的地方，原本覆蓋的冰雪融解、然後又結凍，形成一圈一圈染成粉紅和黃色、凹陷的冰環，上面覆蓋著皮毛和落葉，但很快就會有新的積雪將它掩埋，直到很久以後的某個月份，它才會再度融化，化為春泥的一部分。

冰

已經有一段時間，陽光總是照不進峽谷和山壑間的森林。地面一直是潮溼的，土壤顏色變得很深，摸起來又硬又冰。表面厚厚一層濃密的青苔也變得很硬，在那毛茸茸的空隙中，夾雜著結晶的冰。

山徑積水的地方，水都沉入底部，特別是位於山脊高處的小徑。那些路面上的小坑洞和水窪，都形成一圈圈透明的冰層，有的還鑲著白色的碎片，那是路過的動物踩碎薄冰造成的。至於位在房屋下方溪流裡的冰，通常夾雜著落葉，形成厚厚的一圈，將未結凍的水，圍成一個不斷溢流的小水塘。

各處的水都開始結凍，從蘆葦叢生的河岸淺水灘，擴散到路邊的小水窪：結的冰都是黑色的，又硬又清澈，還含著白色氣泡。另外，路上到處都有一塊塊不透明的冰殼，踏過的時候很容易就踩碎了。最後一群待在未結凍水池中央的雁鴨已經飛走，只剩下一叢叢乾枯的草梗，僵直的挺立在其中，將它們的影子映在傍晚的冰層上。

寒冷的低溫一直持續不斷，讓我掛念起河面的狀況。現在雪還下得很少，應該很適合在冰層上行走，前往河中央的沙洲和小島。現在已經十月底了，網狀交錯的眾多河道中，一些較細小的早已不再流動，而之前形成的小水塘也都凍結了，只有在離岸較遠的河流中央、一個樹木茂密的大沙洲後方、那條最大的河道仍未結凍。從那裡傳來的水流聲雖然感覺遙遠，但十分強勁有力，聲音瀰漫整個積雪的大地。那聲音，聽起來像是一種深沉的吞嚥聲，彷彿那些冰卡在河的喉嚨裡。

一天下午，我順著一個陡峭的小徑下到河床，設法跨越沙灘和布滿灰塵的冰面，走到一個大沙洲上。然後再穿越那些蒼白的漂流木、高度及腰的柳樹和赤楊灌木叢，來到尚未結凍的河道邊。碎石遍佈的河岸覆著一層冰。我踏上冰層往河中央走了一小段距離，然後站在那兒看著河水。寬廣的河上吹來一陣微風，掃過結凍的沙洲，聞起來有冬天的味道。

夏天大量的淤泥已經消失，在淺灘處的水非常清澈，而河道中央較深的地方，則透出令人驚艷的藍；水中漂浮著冰塊。比較大的浮冰互相推擠著，從我上方的急流處落下，被河底的大石塊截住。至於水流較慢且深的地方，結的冰愈來愈多，感覺變得沉重而遲緩。

那景象稱為冰糊或泛冰，通常都發生在流動遲緩的靜水或淺水區域，會在連續好幾天的低溫或寒冷的夜晚中形成。那泥糊狀的冰，不斷變重而漸漸形成固體，先在靜水中漂浮打轉，然後慢慢拉向主流道、整個被河水吞噬。

現在，沉重的水域裡湧入許多冰糊，不斷碎裂散開又重新組合，在逐漸變得緩慢的水流中漂移。那些浮冰看起來表面粗糙、蓬鬆，形狀大多是不規則的方形或長形，在水面不斷打轉、互相推擠，河面看起來像分割成許多深藍色的湖。而那些冰就像湖上的島嶼，隨水流的推動，浮冰不斷向岸邊擠過來，與河岸邊緣的冰擦撞，持續發出「嘶嘶」的聲音，然後又繼續往下游漂流。每當浮冰垂直衝撞到岸邊，就會有一些泥狀冰屑黏附到河岸的冰上。這些岸邊的冰就這樣慢慢往河中央增厚、愈積愈多，像山脊一樣形成白色的隆起。經歷每個夜晚的低溫，當淺灘的河水沖刷到冰上，就又增加了一層厚度。

我專心注視淺水區域時，發現那些巨石般的浮冰，看起來那麼柔軟、形狀不定，像是黏糊糊的一團。其實它們是從水面下一顆顆圓形的石頭開始、往外包覆生成的。另外，河底也同時進行著凍結的過程，時不時會有一塊冰吸足了水分，脫離河的底層浮上水面，然後不斷地打轉。這些河底形成的冰通常呈灰色，看起來很髒，含著許多沙、石礫和雜質，而且顯得沉重。

在上游急流處，浮冰漂移的速度不斷增加。冰和水一起發出很大的聲響，粗暴且隱約帶著威脅。當天氣愈來愈冷，日照漸漸縮短，那些浮冰也變得更硬、更厚，它在水中漂移的聲音就轉變成一種刺耳的摩擦和撞擊聲。然而現在，在我眼前的水流很緩慢，浮冰只是持續發出「嘶嘶」的擦擠聲。而水面下，我還聽見一種輕柔的叮噹響聲，彷彿有許多玻璃互相撞擊而破碎的聲音。

站在這兒，看著那些冰塊不斷沖刷下來，我想起好幾年前，我也曾來到一個很像這裡的河邊釣鮭魚。當時是十月中旬，遍佈石礫的沙洲上大約只有

一、兩吋厚的積雪，我帶著一支前端附著金屬大鉤的長竿子，安靜地站在那兒靜止不動。水流遇到冰變得遲緩，而我在其中尋找那些紅色或粉紅的形體，這將是牠們在這個年度最後一次往上游回溯。有時我會發現一隻正往河道中央游去，遠離竿子所及的距離，但大多數都是沿著結冰的河岸慢慢游著，自在的擺動著魚鰭，有時牠們在水流中幾乎呈現靜止。我就會小心地將竿子伸出河岸冰層，鉤子跟在牠們的身後，然後突然猛力一掃，鉤子瞬間穿刺牠們的身體、將牠們甩上岸。

那大鉤往往在鮭魚身側留下又深又長的傷口，魚血很快就染紅了堆積著魚的雪地，東一塊、西一塊。如果釣上來的是隻帶著卵的雌魚，通常在撕裂的那一側身體還會溢滿了魚卵，在眾多躺在雪地上、帶著釉面光斑的魚屍體中，閃耀著粉紅和金黃的光澤。

我不斷重覆這單調的動作，感覺既莊嚴又野蠻。站在下著雪、寒冷的空氣中，迎接一年的結束。手持附有鉤子的長竿，在積了冰的河面上垂釣，覺得自己也成為那逐漸在每個冬季落日中失落的古老事物的一部分。雪地上那些冰冷的魚發出的黏稠腥味、鐵灰色的冬日天空、還有被鮭魚血染得斑紅的白雪——死亡的顏色和寒冬的顏色，都讓這感覺不斷增強且豐富。在這些之外，還要加上烏鴉強烈的黑色。每天傍晚當我離開河邊的時候，牠們都會來清理雪地上散落的魚卵和血。

這些肥大的魚每次只能鉤上一條。我往往沿著結冰的河岸，一個小時又一個小時、安靜地邊走邊看。短短幾天內我就可以捕到兩、三百條鮭魚，在積了薄薄一層雪的沙洲上堆成一個小丘，結凍的魚又冰又沉重、每次只能打包幾條回家。

而現在，我站在這結滿冰的河道邊看不到任何鮭魚。我往大岩石陰影下的綠水區或是藍色的深水區探望，試著發現容易泄漏行蹤的艷紅色光澤。但也許今年秋天的洄游並不順，或是我來得太早、或太晚、或者鮭魚今年取道別處，總之沒有任何蹤影。

在我面前的水和冰發出來的聲音，是一種多年來熟悉的聲音。但其實冰還有其他許多種聲音。在那之中，有一種非常詭異、呻吟般的聲音，是當你踩過剛結冰的水塘時，從底層發出來的聲音，感覺就像水塘深處的幽靈試著想要說話。另外在仲冬時節，當溫度突然改變、或底層的冰床產生突然的位移，大片的冰層開始裂開，就會像骨牌效應般發出聲音的漣漪。那漣漪傳動得很快，最後會發出唰唰唰的聲音作為結束；還有一種細小的滴答聲。那是在夜晚，當寒氣降到最低點時冰所發出的聲音，聽起來就像數以千隻隱形的昆蟲，在冰和雪地底下激烈痛苦地合唱著。最後，是春天時高漲的水位不斷沖刷著冰棚底下的支柱，最後導致大片冰棚破裂、崩落，會發出像打雷般的巨響。在數哩外都可以聽見，就像一座大型建築被爆破一般。

冰會唱歌、呻吟、咆哮或吹口哨，感覺就像活生生的東西。許多年前，當我在阿拉斯加山脈獵馴鹿的時候，聽見冰發出一種最古老的悲鳴。那是在十月初的時候，寒氣慢慢覆蓋了空曠的大地和許多湖泊。當時是某個下午，我獨自一人站在路邊，在那幾乎無風的空氣中，聽到一種似乎出自大地、透過無數的湖泊和水塘傳來，像是努力壓抑著被遺棄的哀嘆和呻吟聲。感覺就像某個生命，從史前時代開始就被深深地傷害然後遺棄，在寒天雪地中慢慢放棄了自己；那一瞬間，凍原上似乎出現了鬼火。但在我還來不及看清楚之前，一群馴鹿的白色身影掃過我的視線，然後遠方傳來幾聲槍響，有人開槍射擊，接著是一個卡車急駛在結凍的道路上，發出嘎嘎的聲響。

在這裡，我眼前的河流仍然醒著。仍然用它半哽咽的聲音說著話、喃喃自語。仍然波濤洶湧，為了往前奔流，將滿滿的冰推向開闊的沙地和石礫灘。但總有一天——也許很快，但也可能還要很久。當冬至的太陽終於從南邊的地平線離開，所有這些洶湧的摩擦、撕裂、擊碎聲都終將停止，死亡般的寂靜降臨，而其他任何冰發出的聲音都不算什麼了。河道將完全被冰填滿，流動的水也將被封死。河流潛入冰層之下，雪開始飄，整個覆蓋我現在站著的冰面。

如果我在深冬時節走來這裡，唯一能聽到的可能就只有風推著雪橫跨冰面的聲音，或者在走過結凍的淺灘時，時不時聽見涓涓細水在冰層下試著找到出路的聲音。如果再過一段時間，當冰層變得更厚。在河道最深的位置，透過被雪填滿的冰層縫隙，我也許可以聽見幾呎深的冰層下方，不斷發出深沉低吟的滾滾河水，正從我的腳下奔流而過。

那些冰和底層的河流無法長時間的靜止不動，因為經過整個漫長的冬天，一次又一次，河水總是會試著找到尚未結冰的開口，從縫隙中泉湧而出。在冰和積雪的表層上蔓延，然後再一次凍結成易碎的薄片。風吹起的時候，會帶動那些乾燥的雪，將新凍結的冰打磨成光滑、耀眼的巨大冰殼，接著，精緻的霜花會在冰殼上盛開：那些細小、閃閃發光的霜花，脆弱而捲曲地站在含沙的冰面上。當第一道風刮過，就會將它們全部吹散。然後，在這層新增的冰殼上，寂靜再度降臨。從地球有了第一個冬天以來，屬於冰的靜默，就不曾改變。

然而，像往常一樣這一切都還沒到來。冬天正試著穿越整個大地前來，越過山坡和平野、沼澤和高地草原，越過湖泊、池塘、河口和每個支流，在這個秋天它慢慢的前進著。用一種威風凜凜的平穩步伐，讓每個夜晚都變得冷一點、每個白日都少一些溫暖。而現在，尚未結凍的河水在我腳下奔流著，因為含著冰而顯得安穩沉重，那低沉的聲音充斥在我四周的景色之中。

我轉身，往家的方向走去。河岸邊的黃色陡坡上，還沒有任何積雪，往北眺望，我可以看到將近半哩之外的風景。我找到來時走過的路，跨過塵土飛揚的沙洲，沿著舊河道、穿過低矮的柳樹灌木叢，這時，傍晚冰冷的陽光穿破雲層，在混著雪的灰沙地上留下條紋狀的光。

由於過去幾週水位持續的下降，河水原來流過的地方，現在留下許多淺水池，而這些水池表面又覆蓋了一層冰。當我接近岸邊一個離樹林不遠的河灘上，我發現了一個結冰的水池，前幾天下的薄雪已經被風吹走，冰面被磨得光亮，而且厚度讓人可以站上去。從上面，我可以清楚地看見池底，感覺就像透過一層厚重、深色的玻璃眺望。

我彎下腰，觀察那些掉落在清澈、陰暗冰層深處的雜質：我看見一些小樹枝，還有許多葉片。那裡面有赤楊葉，帶著粗鋸齒葉緣，呈現一半綠色。有較細緻的樺木葉和白楊葉，還有大而光滑的楊柳葉及細長的柳葉。它們有的聚集成堆、有的分散，可以看出來它們當初是安靜的飄落、還是被風整堆吹進了冰冷的水中。其中有一些仍然色彩鮮艷，呈現明亮的黃或橘紅色。有些則露出斑駁的灰褐，還有那些更老的葉子，陷在淤泥的底層中已化為黑色。四處都可以看見氣泡般的結晶閃閃發光，但它們不會移動。裡面是一個靜止、冰冷的世界，有點像黑夜，伴隨著一群恆久不變的星星。

一把斧頭和螺旋鑽

一

老人坐在他的椅子上往前傾，仔細聆聽著：一輛車，輕卡車，從他小屋外的石子路上轟隆隆開過，漸漸遠離。這裡距離城鎮七哩遠，平常沒什麼車會路過，而每一輛路過的車子，都從西邊的山坡上、經過長長的下坡下來。帶著一種新奇的聲響，為這個區域的寧靜增添一種陌生的氛圍。

雖然不常見，但每周多少都有一次，一輛卡車會停下來，響起喇叭聲然後再開走，也許是郵車，也許是從城裡運送日常用品的貨車。現在只聽得到引擎和換檔加速、輪胎摩擦地上小石頭發出的刺耳聲音，然後又再度沉寂下來。

當時是夏天，偶爾經過的車輛掀起一陣風塵。那灰色細緻的粉狀物，是土壤歷經千年冰、水、風的洗滌而成，滾滾翻騰成厚重的雲霧，然後落在路邊赤揚、樺木的葉子上。

老人放鬆了，他將自己單薄、駝背的身體，僵硬地塞進椅子裡，然後繼續跟來探訪他的人說話。皺紋滿佈的臉平靜而深思，安於眼前昏暗的光線。

他又重覆講了一次年輕時在這裡的日子，關於他建造的這座小屋、他設陷阱的路線、還有那些他認識的人們——以自己的方式在這裡留下印記的男人和女人們。他也簡短而熱情地提到了自己的妻子，一位來自當地部落的原住民，擅長縫製毛皮而為人所知，她已經去世三年了。

他回憶早年在這裡定居的狀況，一個採礦的營隊曾經沿著溪流分布，翻越長長的山嶺直達理查森。不到十年的時間，駐紮在溪流及附近山嶺間的人，曾一度多達千人左右，他們都是流動的人口，只待個一或兩季，負責土地解凍和水利工程的施作。用一些圓木樁、板材、錫板搭建成小鎮，然後又很快消失，什麼都沒留下，只在心中保存了一些畫面。在樹木林立的平原地上，可以看見一些塌陷的小木屋、朽爛的淘金潮、一個漸漸生鏽的鍋爐，還有許多礦渣堆、小圓石堆起的小丘，這些都逐漸被生長茂盛的赤楊取代。

現在他繼續說著，從思想和字句中仔細挑選描述的方式，很開心有人願意聆聽。在其他的日子裡，他顯得更老、更虛弱，會坐在那張椅子裡依偎著燈火，閱讀或思考。夏天會來臨，然後是秋天、然後冬天。他的心思被拉到那些舊日的路途上，周圍的樹木長得很高大，間隙中有許多影子將他包圍，那些影子都有名字和長相，但只有幾個會發出聲音。它們全都顫抖著，像風中的樹葉。他繼續前行，將那些暗影拋到身後，來到一片明亮的開闊地。

✦

另一個男人，早已過了中年，年老但仍然強壯，正在做麵包。他站在那個大型的生鐵爐灶旁，顯得身材魁武。麵粉撒在木台上，開始搓麵團，緊實地推揉著。

他暫時停下手上的工作，轉向小屋的窗戶，瞇著眼，透過他的眼鏡望向外面的院子，看著後方的樹林。他正等待一隻麋鹿出現。前一晚，他覺得自己聽到一隻麋鹿的聲音：蹄子踩在雪地上，發出的沉悶腳步聲，樺木樹枝的刮擦聲，還有他那隻小狗的吠叫。

已經十一月了，冬天正要開始，他獨自一人，而他也已經習慣獨處。所有的動作都是習慣自己處理事情的人所擁有的，當他偶爾開口說話的時候——對他自己或對他的狗說話，聲音裡都帶著濃濃的瑞典口音。

他要用那坨麵團做兩個麵包，於是將它們放進一個平底鍋，然後擺在爐子上方的一個架子上，讓它發酵膨脹。從地上拿起桶子往洗滌盆裡倒些水，沖掉手上的麵粉，然後用麵粉布袋小心地將雙手擦乾。當做完這些之後，用那張潮溼的布覆蓋放麵團的平底鍋。

接著他彎下腰，打開爐灶的門，確認柴架上慢慢燃燒的火勢。從爐子旁、放在地上的一個箱子裡，他仔細挑選了一段結實的乾樺木塊，將它放在煤炭上，火床顏色深且發著光。當樺木的樹皮著火之後，整個木塊開始熊熊燃起，他感到很滿意，關上爐灶的門，調整一下風口。

他站了一會兒，彷彿無法決定，在這個日照短的日子裡還可以做些什麼？然後，心裡似乎有了答案，他從牆上取下一件破舊的毛外套、從層架拿出帽子和手套，轉向小屋的門。好，我們現在還可以砍些木柴。

二

他是一個中等身高的男人，背脊挺直、削瘦，穿著褪色的牛仔襯衫和褲子，戴一頂飽經風霜、棕褐色寬邊毛氈帽。他好像曾經務過農，但運氣有點差，後來開始做流動的野外工作。其實就是某種較有尊嚴的無業遊民。在費爾班克斯經濟商店裡，他隔著櫃台看著我，眼睛像個慧黠但半信半疑的孩子，在我們之間的櫃台上，放著一個破舊的軍用毛毯，然後他遞給我兩個銀幣。

他的名字叫湯姆——我忘記他是否有說過他的姓，年紀大約七十出頭。大致修剪過的鬍子混雜著黃色和白色，蜷曲在臉頰上。我知道他長年在北地挖礦和探勘，熟悉一些現在已經消失的營地。他是那些毫無所獲的人之一，但也許只是花光了所有的錢。

有好多年的時間，他都在加州和亞歷桑那州度冬，在萵苣田裡工作，或採收馬鈴薯和蘋果。每隔一段時間在一個餐廳煮飯來賺取薪水。現在他又回到北方，宣稱在費爾班克斯擁有一條溪的所有權，那條溪位於他認識的某個人的所有地上。晚上，他在距離我們商店一個街區外的北極烘焙坊工作，白天則忙著收集其他裝備：爐子、寢具和各種工具。似乎非常期待這個冬天和接下來的春天，都可以在他的溪邊度過。

幾乎每一天他都會來商店尋找需要的東西：一把非常好用的二號鏟子、一隻不太尖銳的鎬：他說他可以把它磨得跟新的一樣。有時他來只是為了聊天，與那些每天早晨都聚在冰冷又紊亂的零件五金行前的老男人們一起打發時間，聊聊天、吐痰、交易。

他以自己的方式與人交談，有時熱烈，有時悶聲不說話。如果有任何聽眾，且對話提到他所熟知的事物，他就會發表評論或穿插一個故事，他的藍眼睛炯炯有神、聲音響亮，儼然是個過去事物的權威。他知道——或似乎知道一些地區的細節，包括尚達拉（Chandalar）、盧比（Ruby）和科尤庫克（Koyukuk），也知道一些流入波弗特海（Beaufort Sea）、鮮為人知的溪流名字和分布區域，因為他曾經在這些流域淘金過；然後，在突然激昂的談話之後，他又沉默下來。好像漂浮到一個絕緣的世界，在那裡，只有他自己才知道界限和空隙在哪裡。

他並不是那種可憐兮兮的乞討者，被酒精弄得意識模糊、困在一個根本不存在的幻想世界裡的人。他只是被留在一個已經消逝的過往時代，對這個容不下他的當前生活，充滿了不確定、無法掌握；然而他過往嚴苛而真實的經驗賦與他一種權威。讓他可以表現得斷然與直接，而你根本無法質疑。

那些年，我的生活分成兩個部分：在費爾班克斯的商店裡工作和在理查森、沿著瓦爾迪茲路往上游走七十哩的地方開始建造家園。我通常在周五傍晚離開城鎮，然後在周一準時回來工作。有一次，我在周日晚上很晚才回到費爾班克斯，一直走了超過三十哩路才搭到便車。第二天早上到店裡工作的時候，我的腿痠痛又僵硬，都是因為前一天，穿著硬底的軍用鞋整天長途跋涉的關係。我在櫃台周圍舉步艱難，抱怨行走的距離太長、公路上經過的幾輛汽車和卡車的司機們太冷漠。

湯姆剛好進到店裡來，聽到我的抱怨，突然爆出一陣嘲諷和愉快地笑聲。「怎麼，你們這些年輕人這麼柔弱嗎？我年輕的時候，一天走三十哩路根本不算什麼，幾乎是家常便飯，就差沒有在背上背個流動家屋！」

他轉向其他幾個也在店裡的人，開始訴說在某個春天，他如何走了一百六十哩路。從費爾班克斯到北極圈，背著一套設備，越過鷹峰（Eagle Summit）山頂，去探勘一塊前一年競標的土地。那趟徒步遠行要花將近一周的時間，但他做到了，在那兒待了整個夏天，然後秋天的時候，搭到當季最後一艘船，順流而下回來。

你很容易就會相信他，他站在那兒，面對店裡一個高大圓形的木造暖爐，生動地講述關於那趟徒步行走的各種細節。雖然沒有預先演練，卻講得非常精確，我才看見自己所認為的艱辛、還有種種不友善的遭遇，對他們來說根本就是日常。我被重重打臉，再也不敢提起自己從理查森被迫長途遠行的事。

湯姆知道我可以使用卡車，於是他跟我約定去幫忙他把裝備移到城裡另一個地點。他一直以來都紮營在費爾班克斯一間老房子的院子裡，不住在裡面的屋主允許他這麼做。但房子最近租出去了，新的房客很不喜歡這位老先生，已經不只一次催促他趕快離開。湯姆開始打包搬家，一次搬一點點，盡他所能把他的所有物帶走，但也因為這樣拉傷了背，卻還有一些需要搬走的東西。

所以某個六月明亮的早晨，他來到店裡找我幫忙。店裡生意清淡，而我也事先得到離開一個小時的許可，於是湯姆和我離開了商店，上了卡車。開往一個位於第三大道的地址，距離這裡才幾個街區遠。那天早晨他很安靜，感覺有點悶悶不樂，好像暗自對某件事感到委屈。他緊握著卡車的門把，往窗外盯著沿途經過的車流和建築，好像從來沒見過這一切似的。這裡不過是費爾班克斯，一個經過戰爭年代的繁華之後，又沉寂下來、塵土飛揚又擁擠的城鎮。但對他這樣一個經歷過四十年前的火災、混亂的開創時期的人來說，那天早晨他眼裡見到的費爾班克斯，幾乎就像某個中亞無名市集一樣多彩多姿。

我們開進一個小巷，停在一個搖搖欲墜的棚子後，位於一間大型木造房子的後方。湯姆下了車，打開鬆垮垮的木柵欄上的大門，讓我將卡車倒車進入後院。院子裡長滿沒割除的草，還有上個季節留下的雜草梗，在棚子前方的一堆東西，就是湯姆沒搬完的家當。

那裡真是各式各樣，什麼奇怪的東西都有。包括一張不知從哪撿來的破爛地毯、一個三十加侖的油桶——他打算改造成水缸，另外還有幾段廢物利用的木材、幾塊大塊木板。還有將近半打從裝貨箱拆下來的薄板，他打算用這些製作帳篷的牆面好過冬。

當我們將這些東西裝上卡車的時候，一個體格魁武、只穿著內衣、褲子釦了一半的男人從房子的後門出來，他看了我們一會兒，然後用粗啞的聲音大吼、要我們確定帶走所有的東西。他不希望有任何垃圾留在他的後院裡。湯姆沒有回答，也不往那男人的方向看，我感覺他們之間有說不出口的緊張感。那男人的聲音裡有一種毫無掩飾的厭煩，可能是一種理由正當的埋怨、也可能就是習慣性的粗魯。但看到湯姆不是獨自一人，那男人就不再多說什麼，他又多盯著我們一會兒，然後就回到屋裡了。我們在很短的時間內，就把所有東西都裝上車。我發動卡車，離開那個院子，往湯姆的新營地出發。

城裡的一間教堂允許他在切納河（Chena River）附近的一塊教堂所屬地上紮營，那是屬於城鎮裡一個稱為花園島（Garden Island）的地區。他那個縫縫補補、歷經風霜的帳篷，大約八乘十呎大，直接釘在光禿禿的地面上，距離水邊只有幾碼的距離。一根有點長度的新煙管，從斜面的帆布棚頂以特別的角度穿出棚外，而帳篷前方的地面上，則堆了一小堆木柴。

我幫他將大木板和其他一些物品搬下車，隨意堆疊在帳篷的一側。當這些都做完了之後，我問他是否可以讓我進去參觀一下，他不太情願地鬆開入口繫著的簾幕讓我進去。我彎下腰、半爬著走進去，仔細觀察眼前所見。

在帳篷的角落、靠近入口處，有一個小型的鈑金火爐，是那種好幾世代的探勘者或牧羊人會用的樣式。它直接放在地面上，底下墊著兩塊大石頭。在爐子旁邊放著一個淺木箱，裡面塞滿報紙和引火的細柴，另一邊也放著一個類似的箱子，裡面裝著幾個破茶壺、一個平底鍋和各式各樣琺瑯杯盤。

爐子對面靠牆的地方，擺了一個窄床墊，上面放著疊好的毯子和捲起來的睡袋，還有一些衣物，掛在一條綁在帳篷屋脊的繩子上。

帳篷的地面鋪著乾燥細沙和小石礫，三呎高的牆是由灰色帆布圍起的，有一半已經搭上類似我們今天早上搬來的裝貨箱薄板。陽光從帆布屋頂透進來，將接縫和補丁的痕跡照得非常清楚，也讓帳篷內充滿了柔和黃色的光。

雖然空間非常狹小、高度也非常有限，但在那柔和的光線下，很有夏天的氣氛，也很宜人。在一個較遠的角落，我看見一個洗滌盆、一個淘金盤、十字鎬、鏟子、一把斧頭和一個弓形鋸，還有一支用了很久的九九型溫徹斯特卡賓槍，倚在一個半滿的行李袋旁。

每樣東西都排列整齊且乾淨，衣服洗乾淨了、床也鋪好了。感覺除了帳篷本身和那些板材之外，他所擁有的一切用一個大手推車就可以載著走。

我頭伸出帳篷外，鑽出來站直身體。當時的我還非常稚嫩，還沒有在北方度冬的經驗，但已經聽說了許多關於前一個冬天的可怕描述。那是記錄中最寒冷的冬季之一，連續好幾個星期都是零下五十幾度，燃料短缺、凍傷、小屋幽閉躁鬱症等狀況層出不窮。我已經下定決心要蓋好一個堅實的小木屋，為即將面對的難關做好準備，所以聽到有人光憑單薄的遮屏就想過冬，覺得非常訝異。我失了分寸，甚至非常魯莽，我對湯姆說：「你是打算在這種地方過冬？」

湯姆遠眺著切納河對岸，彷彿暫時迷失在我的問話裡，然後他轉過身，那張埋在絡腮鬍絡腮鬍裡削瘦的臉突然變得嚴肅。帶著一種受傷而挑釁的態度，他說：「呸！你懂什麼？在從前，我們能有這麼多就已經夠幸運了，不管怎樣都過得去。」

我發現自己雖然無意、但已經侮辱了他，所以我們對此不再多說什麼。他感謝我的幫忙，從隨身帶著的一個小皮包裡拿了三個銀幣付給我。我上了卡車，準備回到店裡工作。當我把車開走時，看見他在帳篷旁彎下腰，開始整理我們載來的那堆木板，刻意把臉轉開。

我對他的過去所知甚少，也完全不清楚他的家庭，不知道他是否在某處有家。他很容易被人當成某個人走失的爺爺，在間歇性健忘症中游走在這個世界。但他其實更像那種永遠長不大的孩子、永遠無法成名或發財，飽受日曬雨淋卻不曾抱怨的孩子，像隻蒼蠅一樣無害。他永遠不會失去天真，無論這世界對他多壞，失望造成他的磨損。就像他牛仔衣上褪去的藍色，他總是用他那沉默的方式讓日子繼續下去，工作、觀望，直到有天死亡找上了他。

在幫忙他搬家的一周後，我辭掉了工作離開鎮上，搬回理查森的農莊去建造我的小屋，並獨自度過我的第一個冬天。只有一次，我又見到了湯姆，只是短暫的一瞥。他走過第一大道，正前往烘焙坊，我並沒有機會和他說話，不知他是否在切納河畔度過整個夏天，並在夜晚工作存錢，還是已經搬到他自己的溪邊。我永遠都不得而知。夏末時，我偶爾進城一次，順道在商店裡待了一會兒，那裡沒有人談起他。也許他在秋天生了病、去世了，在那逐漸削減的名單上添了一筆。或者他成功在那單薄、灰色棉質的帳篷裡度過最後一個冬天，然後期待另一個春天，期待所有他仍然希望尋獲的事物。

✦

三

現在他距離樺樹湖已經很遠了，大約兩千哩、或更遠。而因為心裡對那裡的情感很深，所以感覺距離又更遙遠了。

在這個位於普吉特海灣（Puget Sound），常年暴露在大雨中的城市裡，他正在弟弟的花園裡工作。他在生命最後緩慢的歲月裡，夢遊般蹣跚地走著。因為所有最美好的日子都是在大北方、離這裡很遠的地方度過，所以他在這裡有時會停下來，若有所失的站著，像是因為周圍熟悉的一切突然消失而感到迷惑。

前來開門讓我進去的是他弟弟，他也老了，臉頰紅潤而聰敏，從木材廠退休很久了。

我走進房子的小前廳，看見他站在那兒。結實的身材、腰圍有點變得肥胖，我們互相打招呼，我感受到那個短暫的停頓，他淡藍色的眼帶著探尋的凝視，這是誰？從哪來的？我認識他嗎？他並不是很確定。

一開始是他弟弟先開口說話，盡他所能想要打破我們之間的陌生感。他們現在並不太與人會面，弟弟的妻子已經去世了，孩子們也已成人，搬到其他地方住。房子裡非常安靜。他們倆的人生道路在很久以前各自分別，而在生命結束之前又重新聚在一起，他們有血緣的羈絆，而且同樣都是從其他國家來到這裡。然而又似乎能夠理解，他們在某方面更像是陌生人。

他們喝的是不同品牌的威士忌，時間一到，就會各自拿出自己的酒瓶。而現在是下午，有人來拜訪，一個來自北方的老朋友和鄰居。

他們從櫥櫃裡拿出威士忌，還有厚口、老式的玻璃杯。他為我在杯子裡倒了三吋高的威士忌，沒有加水或冰塊，也倒了一杯給他自己。我看著他的手，因為工作而變得厚實，皮膚光澤而呈半透明。我感覺它們有那麼一瞬間似乎在微微顫抖，不，它們很穩定。

我們啜飲著，這溫熱的酒嚐起來強烈而美味。雖然它被人類的救世主輕蔑和詛咒，但仍然很高興知道，有一些恆久的東西值得依賴：威士忌，是最後的信仰也是所有貧窮的人、被拋棄的人和老人的慰藉。

「我現在能做的，就只有喝酒和睡覺！」他說，我們都為此而笑開了。我懂他說的是什麼。

現在他接納我了，我是他從前熟識的人。雖然我看到他仍然努力試著將我的名字和臉對上一個地圖，在那裡，風景被霧半遮掩著。然而在其中仍然可以看見一條順著河流的道路、高聳的斷崖和一個郵筒。

在這個地方找到他，對我來說感覺很奇怪，距離我習慣見到他的地方這麼遙遠。而且木板地上通常應該都會有些木屑和草梗，鑄鐵爐旁也應該有許多引火細柴和盛灰盤，但現在房間裡鋪著地毯，整潔乾淨，既沒有木箱也沒有火爐。

他在房裡緩慢而僵硬地行動，穿著一雙拖鞋拖著腳走路。身上是以前我看他穿了好多年的那種棕褐色工作服，感覺好像隨時準備要再一次出門。到小屋後方的森林，或是下到湖邊去取水，或只是站著，越過寧靜、陽光照耀的湖面，眺望遠在南岸那頭的樺木山群。

從我站著的地方，可以透過一個敞開的門看見他的臥室，一條褲子和一件襯衫折好放在一張椅子的座位上，鞋子整齊地放在旁邊。椅子旁的地上放了一個打開的行李箱，看起來就像他正要打包離開。

最後我們終於都坐下來。他在一張椅子裡、我在另一張，我們聊著天。一開始有些猶豫，試著在記憶中摸索——各個場所、活動，還有我們都認識的人，許多名字以及與這些名字相關的年份。他住在這裡時遺忘的一些事，漸漸在心中又甦醒。在談話中，我看見鬆脫的線又重新織回原貌了。

我有些事情想確認，於是開口問他。記得很久以前，不知是他還是別人曾跟我說過，在四十多年前的某個冬天夜晚，樺樹湖畔有個人的小屋完全燒毀，那人是誰？他在冰上走了好長一段時間，在找到庇護的地方時，兩腳都凍僵了。

「喔，那是吉姆・奇瑟姆，」他回答，「他是個大酒鬼！」

現在他記起其他一些事了，當他試著回答我的問題時，一件事連著另一件、沒有依照特別順序一一浮現：誰住在公路上的哪個轉彎處、誰的家又藏在伐木山那個長坡上的樹林裡？然後我又再一次學到，許多年前在費爾班克斯的貨運人絕對不會在零下四十度的天氣中，讓馬上鞍具拉車或遠行。這是鐵則。

「馬兒們，牠們的肺會結冰或發生類似的狀況。」當他告訴我這些的時候，聲音寧靜又肯定，知道事情就是那樣。

我提醒他，當時他和老艾克塞爾（Axel）都會在耶誕節的時候來到理查森，帶著他們在樺樹湖的冰層下、用魚網撈捕到的許多箱冰凍的白鮭。我們全都聚集在一起，為那些肥美、可口、在結冰中透著光澤的魚感到驚奇，那些日子真的很美好。艾克塞爾很久以前就回去密西根，且從未捎來任何書信，也許他也不在這世上了。

我們喝著酒，點了幾根菸——這都是該做的事。當我看著他，聽他搜尋著話題，我提醒他，從前他是一個非常溫柔的人，單單只是因為當我們提到森林的時候，他都會說：「當我要伐木的時候，我總是會尋找一棵已經受傷、或有問題的樹木。我不喜歡砍倒一棵健康的樹，我覺得也許它們也希望我們這麼做。」

他對我說這些時，我真的相信他，因為在他的話中完全不帶奇怪的辯解，他也不喜歡殺死那些他在湖上餵養多年的水鼬。「我對牠們有感情了，你知道，我還蠻喜歡牠們的。」

他焦躁不安、無法安坐在他的椅子裡。走過房廳，他從桌上拿了份報紙，有些事他想從當天的新聞裡確認，那是他跟他弟弟在爭論著的事。他是那種對世界和事物的本質總是感到好奇的人，無法輕易滿足，除非讓所有的事實都符合他的理解。

現在，他翻著頁面，仔細查看每個欄目，然後終於發現他要尋找的。對！就在這裡，就像我跟你說的吧！

他把報紙放下，站在那裡，彷彿一瞬間從他要做的事情中抽離了。襯衫一邊的袖子半捲起，我看見他前臂的肌肉已經有些萎縮，但八十幾歲的他仍然如從前般挺立著。我不知道他以那種向內探索的方式，究竟看到了什麼。

「人老了真要命！」他終於開口，轉向我這裡，雙眼疏離而困惑。但無論這是一句多瑣碎的話、也無論多常叨唸。這句話確實是個事實，特別是像他這樣，在生命中每一天都習慣用雙手工作、四處行走、參與世界的人來說。

我記得以前每次來找他的時候，他總是很機靈。而且他盡所能讀遍了身邊所有的雜誌和借來的書，隨時都可以與人聊上幾句。即便英語不是他的母語，甚至到現在，他的談話中還是難以擺脫濃厚的腔調。但是當獨自一人度過了那些漫漫長夜和安靜的日子之後，即使最簡單的人都可以漸漸接受自己，開始以一種智慧來感知這個世界。

以前我們會來到他位於湖畔、開闊斜坡上的大木屋拜訪。春天時徒步跨越湖面上的冰，夏天時划船，或穿過沼澤和灌木叢、繞著湖岸走一段長距離的路。大部份的時候我們都會發現他在家，他很開心見到我們，會在我們找到椅子坐下前，就從地板下的地窖拿出冰涼的啤酒來招待。

當我們杯子裡自家釀的啤酒冒著泡沫，廚房後方爐灶裡的柴火也冒著熱氣、劈劈啪啪響著時，我們會天南地北的聊天。時間分分秒秒流逝間，我們一起分享關於當地或是遠方的消息：誰搬來了？誰又離開了？在森林裡正發生什麼事？公路上又有什麼狀況？而「外面」的大世界又怎麼了？那年的兔子很少、但麋鹿的情況還不錯。整個夏天河水的水位高漲、鴨子都來到湖中。至於外面那個大世界——所有的條約和侵略活動，大致都還是一樣，他們不會有太大的改變，不是嗎？

當我們坐在那兒的時候，總會煮些東西，或是帶些削成薄片的火腿、切好的新鮮麵包、啤酒、香菸。然後午後時光漸漸滑進北方漫長的暮色，光線卻永遠不會變全黑，圍繞我們周圍的所有事物，似乎都落入一種千年不變的秩序裡。

✦

他在一九二〇年代早期從瑞士來到美國，追隨前一年先來到這裡的弟弟和弟媳。他說，離開那個古老國家，是為了逃避在瑞士軍隊裡服役——理由還算不錯。一個工作將他帶到北方，來到阿拉斯加，然後就成了他定居的地方。事情一件接著一件：他在費爾班克斯南邊的湖畔建造了一個農莊、交了新朋友、愛上了這個地區。

就我所知他從沒有結過婚，也沒有固定的女性伴侶，我不知道為什麼？害羞，也許。但他有動物同伴。他飼養的水鼬和一隻幫他拉雪橇跨越湖上冰層的狗。當那隻狗變得又老又僵硬的時候，他會自己拉雪橇拖運，而讓狗跟貨物一起坐在雪橇上。

四十年的時間，以一種慢速但還可以接受的節奏度過：一個又一個在森林裡的夏天，然後是在讀書和劈柴中度過的冬天。他是個受過專業訓練的鐵工，有時在夏天，他會到城裡或更北邊的軍事基地去接一個工作，但總是會在秋天回到湖畔。划著他那艘沉重的船，跨越兩哩的距離，回到他那間建造在草地上、舒適的大木屋裡。享受他的柴薪和小花園、以及依山傍水安靜的日子。

然而現在，那所有的一切都消逝了。土地變賣、房子空了，酸模和火燒草佔據了原本種植大黃的菜圃，也佔據了草坪。有些東西已經面目全非。

這將是他最後幾年寧靜而空虛歲月的寫照：擁有一個澆了水的花園、修剪整齊的草地，還有銀行裡的一些錢。雖然力量逐漸消逝，但這些也足夠讓他日日夜夜坐在屋子裡，從任何一扇他依偎的窗戶，往外凝視遠方。

我們又喝了更多的威士忌，覺得肚子溫熱而舒適。他弟弟走進廚房為我們做些三明治，他人很友善又隨和。但他的想法跟我們是完全不同的世界。

「看那裡！」弟弟從廚房對我們說，「海灣對面起火了，看起來像是一棟大房子或工廠在燃燒。」

我們都站到廚房的窗戶邊，看著海水對面的亮光，那是在加拿大沿岸逐漸加劇搖曳的橘色烈焰。過了一會兒，我認出那不過是夕陽映照在遠方許多窗戶上的光線，看起來像火焰，炙熱耀眼，但不是火。而我沒有告訴他們，因為把那想像成真的大火可能更有趣。

「真是一場大火。」

「不知道到底怎麼一回事？」

「嗯，明天我們就會在報紙上讀到消息，我猜。」

興奮的情緒很快就結束了。我們坐在廚房的桌邊吃著三明治，沉默了一會兒，然後又開始聊天。現在想起那時的情景，有一種熟悉的安詳浮現，那是一種寧靜的老習慣，雖然帶著哀傷的色彩。

很快就到了我要離開的時刻，但我拖延著。我想我們可能再也見不到彼此。我們共同熟知的事物這麼多，然而歲月卻帶我們遠離了那些古老且穩固不動的地標。我們只能站在一些窗戶前，凝視某個遠方，那裡有火光、溫暖、還有我們都認識的人們，那裡的每個名字，都可以連結到我們看見和觸摸的每一樣東西。那是我們熟知的世界，而我們知道自己也屬於那世界的一部分。

有些事發生了，它發生得很緩慢。但可以確定的是，每到春天太陽還是會回來，然後在秋天又離我們而去。又一張老面孔消失，然後另一個年輕而陌生的面孔遞補了那個空缺。不知不覺中，這個世界變得生疏，就像一個人試著凝望時發現視力衰退。想法、身體動作都掙扎著想維持原樣，然而卻不得不讓步。在一個不同的秩序中重新被安置，我們只好學會在一個從前完全不知道的空間和寂靜中生活下去。

記憶，這個比其他任何東西還要讓我們依賴的東西，像艘鬆綁的船、漂離了岸邊。而我們的本能也一樣遠離了我們：每個日子都糊成一團，而我們又漂得太遠看不清楚。我們獨自一人，在眾多陰影中顯得迷惑，聽不見熟悉的聲音，只覺得圍繞著我們的，是那不斷試探、糾纏、死亡的冰冷鐵鉗。現在只剩睡眠是唯一可能的事，無論夜晚或土地都等著我們入睡。然後在那陰暗之處，我們因為一個名字、一個聲音、一張臉而想起了什麼，有那麼一瞬間，在一些我們懂得的影像上，光閃爍著。我們又回到家了，我們熟悉的字句又回到嘴邊，可以向聆聽者訴說和分享。

我站起來，將杯裡的酒喝乾，時間已經很晚，我終於非走不可了。他隨著我下了階梯、穿越草坪，我看得出來他仍然試著把所有碎片拼整起來，以便能夠更理解我們剛才的談話。無論如何他現在看起來更清醒也更快樂了，他的頭腦又一次恢復明亮清晰。

我們互道再見，握住彼此的手，他的弟弟也來到門廊上。他站在那兒，疏遠而微笑著。我會再回來，很開心來拜訪。

草坪上的他站在暮色中，看著我開車離開，我永遠不會忘記當我們分別時，他在我臂膀上深情而仍然有力的緊握。他確實記得我，而我想他一直都會記得，很高興知道這點。

四

土地因它的人們而活。人們在土地上工作、讓它更有生命力，因為人們會在山坡、溪床上用鐽子和斧頭留下記號。每個地方的意義都記錄在人們粗糙的雙手中，也在人們穿著膠鞋四處行走的足跡中。

在這片柳樹林中，你會發現老舊的水管配件、閥門、一段一段的通氣軟管，它們散了一地，中間還夾雜著生鏽的錫罐、彎曲的輪箍、裂開的箱子。在這裡，伊克．艾薩克森（Ike Isaacson）的探礦坑塌陷了、鍋爐也燒毀，他的小木屋因為腐朽和雨水沖刷而倒塌。但對於我們這些仍記得過去的人來說，這塊藍莓叢糾結蔓生的平地，仍然是屬於伊克的台地。

某個被所有人都遺忘了名字的人，在樹林變得稀疏的高地上，搭建了他的儲存所，過冬的肉還掛著。在那一頭躺著許多被砍倒在地、幾乎被青苔淹沒、鬆軟的樹幹。而這一邊，還活著的雲杉樹幹上，一根生鏽的長釘早已長出樹脂結成的瘤。

另一個我們認識的人擁有一個小木屋，在這個沙質土丘上，圍繞菜園的欄竿還留著。而且你看，每年春天，角落那根柱子旁的草地上，仍會有幾支大黃菜的木質莖冒出來。

然後是公路那頭的轉彎處，距離斷橋不遠的地方，馬文在那裡用手槍射殺了他養的灰熊。

他們都是值得稱讚的鬼魂。那些老居民們，以他們那些磨損的工具和安定的生活，讓我們知道我們曾經是什麼樣的人。而如果我們自己也活得夠久、夠好，我們每一個人也將會變成另一個曾經居住在大地上的標記。因為我們記憶中的愛而好好活過。

我很幸運自己有機會認識他們，因為他們早已不在那些縫縫補補的棉毛衣物中站立著了。某種程度上來說，我總是被他們接受著，而他們都是我的族人——如果族人這個詞還具有某種意義。其中一些最好的人，我總是帶著最深的感激愛著他們，他們既是朋友也是老師，而我不覺得會再遇到像他們這樣的人了。

我現在想起他們，感覺他們是巨大無比的溫柔和寬容。彷彿這世上的一種治癒力量，足以確保土壤裡長得出青草、土地照得到太陽。

他們是從老照片中向外窺視的面孔、聲音、姿態，但又不僅止如此，他們曾經以一些名字活著。現在那些名字被陰影召喚著：坎貝爾、馬文、赫許伯格、多爾第（Doherty）、佛萊（Fry），其中有一些，像基輔（Kievic）和山姆洛馬（Sam Loma），早在我來到之前就去世了。而他們以一種傳奇人物的形象在地方傳說中若隱若現，我才得以聽說過他們。

理查森的墓園在很久以前就塌陷，滑入塔那那河裡。現在與淤泥和漂流木一起沉在河床底。而費爾班克斯外圍的一個山坡上，一些玻璃覆蓋著的墓誌銘，與樺木、青苔和草莓藤蔓混雜在一起。它們早已破裂且泥濘不堪，上面的字跡也被風霜抹去。當然，這些名字一定都還記錄在法院的某個地下室檔案中，與各種契約、稅單一起寫入那些泛著霉味的賬本。

這些人住在群山之間，在他們建造的溝渠、土堆、地窖等各種形式的建物裡，他們為這個地區命名，為各種犁溝、凹穴、凸起的山脊命名，也因此證明了他們曾經存在。一個隱秘的湖、一條沒有特色的小溪、百岳中一個風大的穹頂都有了名字。我還知道許多高地河川支流的名稱，通常都是一個路過的人取的，他可能想起自己原來的居住地，或是為了好玩，有時是怕自己健忘，於是一邊走一邊創造各種名字。也可能因為那天聽到了遠方的消息、大受感動而取了名：帝國、共和國、俄亥俄州人、凱莉納遜。

一個流浪的靈魂以人的形態回到家鄉的土地，在森林間清出一個空地，藉由隨手可得的樹木建造了一個避風處。接著開始學習在這個地方的生存之道，睡著、醒來、茁壯、變老。看著河水和往東飄移的雲，看著草上的霜。

他不會完全死去，你可以在你走過的許多小徑、在黑色樹皮留下的琥珀色記號中尋找他。你也會發現他藏在鍛鐵爐、藏在那些腐朽的絞盤中，而當你經過一個無名小溪邊的木屋時，會發現他在門檻上，他也在遠山那些犁過的土地、綠色的痕跡裡。

影子

I

有一種影子，遮蔽整片土地。它們從地面鑽出來，由塵埃和大地翻滾起伏的脊骨形成。而樹的影子通常出沒在孩提時代的林地裡，將所有恐懼都留在枝椏間、石頭的影子落在沙漠、雲的影子落在海面或覆蓋夏日的山嶺，帶來豐沛的雨水。影子還會在池塘或水井中形成金黃色的模糊形狀。

有一種原始鳥類的影子，來自過去、形體像風，帶著可怕的尖喙和爪子，拍動著翅膀航行。有嗜血生物的影子，夜晚緊黏著那些站著不動的牲畜的血管，和睡著的人們的腳。另外還有許多東西的影子都曾經在這土地上行走，而現在都消逝了。在大北方，乳齒象笨重的身軀凍結在黑色的淤泥中動彈不得，牠們披著毛皮的骸骨到現在仍然會從地底露出。而在那些終將成為煤炭層的森林邊緣，曾有三角龍在沼澤地中覓食。

門廊上有許多影子，古老建築的屋簷下也有很多。以各種墮落生物造型雕塑的避邪鬼面石（stone grimace）正沉沉入睡。被風牽絆著的家宅影子，藉由結冰的樹枝投射在我們臥室的窗戶上，敲著玻璃叫醒我們。那些都是永遠不死的古老鬼魂，試著和我們內心的陰影說話。就像被困住的古代鳥類，從心底的井中破冰而出，飛進很久以前就建造好的牆籬。

在你所站的地方靜止不要動，無論你現在是在路的盡頭、陽光照進森林的地方、還是在那開闊、雲彩密佈的平原台階地上。試著深深的看進草叢被風吹起的皺摺裡，凝視那靜止、連浮葉都不受驚動的池水。在這靜默中回想過往，回想曾經擁有而現在已不在的生活。回想所有事物轟轟烈烈的過去——那裡有所有事物結束和開始的影子。

已入秋了。落葉紛飛，大地上掀起一陣葉子的風暴，它們呈現棕色或黃色，乾枯而蒼白——如雪萊（Shelley）詩句中所形容的：「染上瘟疫的一群」。它們從夜晚的幽冥中飛撲到人類臉上，嚇我們一大跳，然後又如同洩氣的幽靈回旋而去。跌入深淵，靜靜地躺著，一片疊著另一片，等待雪的降臨。

II

在一個溫暖的十月傍晚，我走出戶外到院子裡。天色還沒暗下來，一時忘了自己為什麼出來——也許是為了抱一把柴薪進屋，或是想看看日落以及即將向晚的天空。這些日子以來，除了吃飯和睡覺外，對我來說，最自然的場所就是戶外。

站在外頭沒過多久，我就看到了——起初我以為是一片大而深色的葉子，在暮色中向我吹來，但四周一點風都沒有。那東西像一片安靜而翻騰的葉子，拂過我身邊，然後消失在屋後。

過了一會兒，它又回來。從我頭頂上不規律地飛速掃過，然後又從視線中消失，這一次是沿著公路往河的方向前去。我突然想到，也許那是一隻遲遲未南飛的燕子，但牠的顏色實在太深、太安靜而且形跡可疑。況且就我所知，所有的燕子很早以前就離開這個區域了。

又一次，那奇怪的訪客在半昏暗的天色中從我身邊飛過，然後我突然明白了。這迅速、難捉摸、一下爬升、一下墜落的小東西是隻蝙蝠。而暮色中，圍繞在我四周的一定不只一隻，於是在這秋日傍晚、漸漸跨入黑夜的時刻，我安靜地站在原地，觀看著。

但想要在那樣的微光中追逐牠們的蹤跡，幾乎是件不可能的事，每當我鎖定一隻在空中飛行的蝙蝠，牠馬上就轉向，往樹林的黑暗中飛去，消失無影。蝙蝠總是用一種奇怪、忽動忽停、不平穩的方式飛行——有點像蝴蝶的飛行方式，但更強勁而快速。那狀態就像在這寧靜傍晚的空氣中，突然起了一陣別人感覺不到的狂風將飛行中的牠們扯到一邊，或是有一條無形的線綁著牠們。當飛到一個極限，就被猛然一扯，離開原有的飛行路徑。

對於蝙蝠，我一無所知，院子裡也從來都沒有蝙蝠來過。而許多個傍晚，當我散步前往河邊的時候，也從來沒見過蝙蝠在水域附近活動。我只知道在這麼晚的時節、當其他夏日動物全都離開這個區域之後，這行動快速、在暮色中活躍飛行的動物還出現在這裡，實在是件神祕未解的謎。我像受了詛咒般一直盯著牠們看，好像只要我盯得夠久，就可以辨識牠們在黑暗中的行動。但最後，當秋日的夜晚淹沒整個大地，只剩下河面上些微流動的光影時，我還是走回了屋內。

瀏覽書架上所有關於自然的指南書，我發現一節關於蝙蝠的描述，於是開始閱讀。我從書中學到：最早的原始爪蝠（fossil bat）出現的時間，可以追溯到始新世（Eocene），也就是九千五百萬年前。在第一隻鳥類剛飛過侏羅紀天空，而最後一個會飛行的爬蟲類成為地球化石的歷史的很多年後，蝙蝠出現了。蝙蝠的牙齒和頭骨化石看起來跟早期的猴子很像，推測可能來自同樣的祖先，作者甚至繼續寫道：蝙蝠可能是我們最早的親戚之一。

只有兩種蝙蝠曾經在大北地被發現。而在阿拉斯加，這兩種蝙蝠的居住地，應該在距離這裡南邊兩百或三百哩的地帶。但很明顯的，這個訊息是錯誤的。從我閱讀的內容，和實際觀察那些蝙蝠的體型、飛行習慣後，很快可以確定，我看到的那些名字叫小棕蝠（Little Brown myotis），是北美常見的蝙蝠中、體形最小的一種。牠們屬於分布廣泛的食蟲蝙蝠家族，身體尺寸不比一隻田鼠大。翅膀展開約十吋寬。我還讀到牠們喜歡群居，有一些會在冬天進行冬眠，其他則會往南遷徙。通常白天在洞穴、老建築或樹洞中睡覺，暮色深沉時，就可以看見牠們在水域或森林邊緣飛行。我讀到的這些內容似乎還蠻正確的，因為在這片樺木林中，牠們就是在我清理的空地上獵食。

第二天傍晚，我沿著公路往上走，想走到郵箱那兒去寄一封信。這個傍晚一樣寧靜溫暖，偶爾從山坡上有一些輕盈的空氣流動。西南邊的河道上映照著深金黃色的光。很快地，我就發現一隻蝙蝠在公路上前後、上下飛著，快速地變換高度，追捕著仍然在野外的蟲子。不止一次，牠消失在公路邊的樹林裡，然後又出現，像一片清朗夜空中翻騰的葉子。

當我走著的時候，我的注意力被蝙蝠飛行過程中，不斷創造的驚奇動作吸引。同樣地，蝙蝠也被經過公路的我吸引著，牠會突然從盤旋的暗處撲向我的頭，然後往我前方飛去。不知為何，我對這出現在暮色中、獨特又愛追根究底的小動物的這份親近行為，有一種很奇特的好感和激動。當我從郵箱回來的路上，這隻蝙蝠似乎又來陪伴我——就像順從著一種令人費解的生命目的。而牠似乎也很享受這份陪伴。

溫暖的天氣持續了一或兩天，然後隨著深秋劇烈的變化，白天和夜晚突然變冷了起來。那一年我再也沒見過那些蝙蝠了。

一想到牠們這樣突然出現又迅速消失，我實在很想知道牠們去了哪？牠們真的都往南遷徙了嗎？憑著那片伸展在腕足之間、脆弱的薄膜，真的可以帶他們飛行到遙遠南方？在我看來，牠們實在很難飛越屏障加拿大的山脈，或是沿著海岸線、在那些多暴風雨的海灣中生存下來。即便真的辦到了，我猜想他們應該也是一段一段的移動，仰賴那不穩定的氣候帶中仍然醒著的昆蟲維生。

或者，牠們在附近發現一些岩縫，在保持恆溫的洞穴深處找到了庇護。從那裡，牠們攫取那個嬌小身體所需的溫暖，然後在冬天裡沉沉入睡？

我找不到自己這些問題的解答。當白晝變短，偶爾我還是會想起那些蝙蝠，不知牠們還好嗎？無論牠們在哪裡，是否都能夠緊緊抓住一些不牢靠的邊緣，安穩入睡，等待春天的來臨——但也許就這麼凍僵了，永遠都醒不來。

「蝙蝠有一些天敵，壞天氣就是其中之一。當牠們不進行冬眠的時候，無法忍受長期的食物匱乏。持續的寒冷、強風、雨季，這些導致昆蟲無法飛行的因素，都會造成蝙蝠相當大的死亡率……」1

對於我們這些在地面行走的陸行動物來說，雪很快就降下了，一年陷入了深刻的嚴寒之中。

第二年的九月底，我在狩獵的旅途中往回家的路上，要從坎貝爾家的山坡往下走進班納溪流域。在開闊的山坡地走了一半，短暫的停留一會兒後，我走進一個年久失修的支架棚屋裡查看。那是多年前被一個礦工遺留在那兒的。當時已接近黃昏，棚屋裡的光線非常差，但是當我的眼睛習慣了裡面的昏暗，才發現自己並不是單獨一個。我的注意力，被距離地面不遠的牆上、一個靠近窗邊、深色、渾圓的物體吸引。我安靜地走近，發現原來是一隻棕色的小蝙蝠，緊抓著木板上的裂縫懸在那裡。我身上沒有帶手電筒，無法看清楚牠身上任何細節，但牠似乎是醒著的，而且兩眼正盯著我看。我突然有股衝動，想要一手把那隻蝙蝠拿起來，帶到戶外好好看清楚，但最後決定還是不要打擾牠，雖然我有可能可以學到更多關於蝙蝠的事。但覺得那樣做可能會嚇到牠、甚至讓牠受傷，並不值得冒險。

我短暫搜尋了一下那間蝙蝠的棚屋，並沒有發現其他的蝙蝠，所以安靜地離開並關上門。那扇門在我來的時候就是關上的，蝙蝠顯然是從屋簷的洞或窗戶玻璃的裂口進去的。

過了一周或幾天後，一個溫暖的傍晚。一對蝙蝠又來到農莊的院子裡，四處盤旋。像前一年一樣，牠們一直待到夜深，然後當溫暖的時期結束，牠們又消失了。

牠們以這種方式造訪農莊，持續了四年。牠們總是在夏末來訪一、兩次，但更常在秋季。當一陣南風將樺木最後的葉子都吹落，森林靜靜等候著。不久就會有幾個稀有的溫暖黃昏出現，帶來一些蟲子——通常是蛾或蚊

1 註：小亨利希爾（Henry hill Collins, Jr.）著，《北美野生動物完全田野指南》（Complete Field Guide to North American Wildlife），哈潑兄弟出版（Harper & Brothers），紐約，一九五八年，第二六七頁。

蚋，夏日時光又可以暫時持續一陣子。

然後，就像牠們第一次出現時那樣神秘。蝙蝠們又再次棄農莊而去。我不記得在那之前看過牠們，而之後也不常見到了。但在那四年期間，費爾班克斯附近的許多地方都有零星的報導，人們都說在傍晚看見蝙蝠。但大家都不知道牠們可以居住在這麼北邊。從那時起，每逢溫暖的年份，鄰近區域就會有這種小型的蝙蝠出沒，來了又離開。而住在那些燈火光明房子裡的人，通常都不會注意到牠們。

也許是內陸氣候有時發生了變化，而這變化太輕微以至於沒有被記錄，蝙蝠卻因此往北邊擴展了牠們的生活領域；又或者是蝙蝠地域性的遷徙路線出現細微變動，將牠們帶到這附近的河流地帶、以及位於河流上方的農莊院子和開闊地。然後，就像我們生活中許多無從理解、也不需要解釋的狀況，像一陣風從一棵隱形的大樹吹向我們，葉子從搖曳的枝椏上飄落一般，蝙蝠們就這麼來到我們身邊，然後又消失。

儘管許多民間文學和老婦人之間的流言蜚語都為蝙蝠增添一些陰暗的色彩——各種可怕的形象、變身、巫術、掃把。儘管我還記得小時候母親和祖母對於房子裡出現蝙蝠有多麼驚恐，但我從不因為牠們的出現而感到不安。我想起許多年前在華盛頓的時候，當時我還是個學生。有一天晚上，我很晚才回到寄宿房屋的家，當我爬上階梯到了二樓的平台，看見一隻大蝙蝠在走廊上上上下下飛著。牠飛行的速度很快，每次經過身邊的時候都避開我，當時正逢秋季中旬，氣候溫暖，蝙蝠可能被撲向平台燈光的飛蛾吸引而來。我擔心牠會被困在室內而受傷，所以在上樓回到自己房間之前，我幫牠將走廊底的一扇窗打開。

「牠們不是女巫……不會試著鑽進你的頭髮裡。如同大多數的動物和某些人類一樣，牠們寧願不被打擾。」[2]

雖然牠們對我們的存在應該漠不關心，就像所有野生動物一樣。但在我看來，來到大北方，對牠們的生存條件來說，應該已達到最大的極限——牠

2 註：如註1。

們遠離了所有的閣樓和鐘塔、遠離民間傳說和迷信、遠離那些擅自決定牠們存在價值、並傷害牠們的人類。蝙蝠實在是一種溫暖、好奇又友善的動物。而短暫的瞬間，牠們的生命也觸動了我們的生命。

很久之後的另一個秋天，當樹葉再次在風中飄落，蝙蝠沒有再回來。於是這十月的傍晚，感覺少了一份難得的親近感。

III

我談了許多關於微光、暮色和傍晚的事。往往從影子開始，在途中點亮了一片清明。現在也該以影子來結束。如果再往前，就要談到那恆久不變的森林，以及它落在我們內心的陰影。那些半人半獸、象徵災難的形象，全身覆滿鱗片、羽毛、毛皮的幻獸，狼人或吸血鬼這種因變身而感到困惑的生命，還有那些帶著利牙、尖耳的嗜血夜鬼。

所有早期藝術和文學中，都豐富地描繪了那些披上獸皮而獲得力量的人物：獅子、公牛或熊象徵威猛和勇氣、鹿象徵敏捷、鷹象徵視野。而相對於這些，還有其他排名較低階的動物，例如狐狸和雪貂，象徵善於欺騙、狡詐、賊頭賊腦的個性。至於蝙蝠的形象，在英國古老的家族中，會出現在盔甲的外套上，象徵警覺和清醒。蝙蝠的徽章，也象徵了一個人具有迅速且隱秘的執行力。

像這樣具有貶損扭曲意味的定義，在今日仍透過不同方式向我們傳佈：各種運動報導的詞彙用語、各式各樣製品的標籤、戰爭武器的名字——通常顯示具有威脅性或無懼。然後是那些漫畫和動畫人物的名字，如蝙蝠俠和狼人，他們活躍在另一個更具夢幻氛圍的世界。他們的心會隨著意志，進入一種經遺傳得來的形體，持續漫遊。

另外還有許多關於血統、療法、保平安的例子，寫滿了整個歷史。一個古老的諺語有段關於瘋病的描述：「凡是吃了蝙蝠心臟和舌頭的人，會從水中逃出然後死去。」將一隻蝙蝠綁在左臂上，就不會想睡覺。拿著一隻蝙蝠在房子裡繞三圈，然後頭朝下釘在大門通道上，就可以擋煞。將幼年蝙蝠或燕子的頭打碎、混合蜂蜜吃下，可以改善模糊的視力。如果你很幸運可以看見黑暗中隱藏的事物，可以在臉上塗抹蝙蝠的血，在夜晚也可以清楚閱讀。

早期在澳洲的探險家曾被警告不要殺死蝙蝠，因為「牠們是那些黑暗之徒的兄弟」。在墨西哥的殖民時期，有天一個老婦人向兩位牧師抱怨他們虐待她，牧師們很訝異地抗議。老婦人提醒他們，前一天是否追趕著一隻蝙蝠，將牠趕出屋外？「我就是那隻蝙蝠，」老婦人說，「現在害我累得要死。」

另外還有關於蝙蝠的傳說：牠們以睡眠交換了靈魂，所以在白天人們醒著的時候都不見蹤影。然而在那五千萬年古老的沉積岩下，仍存在著最古老的原始爪蝠，如石頭般酣睡著。有一天當牠們全都醒來，海洋將會上升，無止盡的黑夜也將佔據整個地球。

在某個地方流傳著一個基督教的民間故事，故事裡描述基督退隱到山裡，不想再見到沙漠的景象，祂用粘土塑造了一個有翅膀的形體。向它吹一口氣，那形體立刻張開了翅膀飛進山裡的洞穴中。從此之後，每天日落時，這個物體都會飛來告訴基督一天已結束，夜晚將來臨。

瑪雅的黑暗王國被坎馬卓茲（Camazotz）——蝙蝠死神所統治，這位神具有人的樣貌、蝙蝠般的雙翅，鼻翼是一把石刀的形狀，可以殺死那些犧牲者。祂的嘴總是流淌著鮮血，象徵生命的毀滅，黑暗吞噬一切。

✦

關於蝙蝠，有無數傾瀉而出的畫面。就像一大群從沙漠洞穴中飛出來、在夜間探尋的蝙蝠，這些甦醒的蝙蝠湧向荊棘，夕陽斜照的暮色中，充斥著牠們的聲音。回音經過了千萬年，終於傳到我們耳中，而這時，那些發出聲音的嘴，早已成了塵土。

在知識之前，智慧早已存在，並奠基在那幽暗時代的影子中。而我們自己原本也是夜間的生物，人類的靈魂也曾經離開自己熟睡的身體，化身為蝙蝠或異形鳥類的形象。整夜翱翔、捕食，在天明前才回到睡中的自己。

在城鎮或城市裡，試著把全部的燈關掉。你會看到生命迅速地回到影子裡。你會發現，從那些無光的樹林、靜默的出入通道上，那些古老的恐懼很快地就回到我們身邊。夜晚將再次充斥著鼻息、耳語、皮膜翅膀、粗重的身體撞擊聲。

人的心不斷閃爍變化，在風幕中一次又一次演變著。單純在地球上作為一個生物活著，被孤獨地留在一大片草地上，往往無法感到滿足——自從人類成為一個狩獵者開始，就不再滿足過。人們掃視所有開闊的通道，蹲屈著準備伏擊，將他獵殺的獸皮狂熱地披在自己身上。從骨頭上扯下肉、喝獵物的奶和血，然後，在火把照亮下，以煤灰和赭石在高大的岩面上描繪出那些獵物的輪廓。

基於必要或直覺，人類認為飲用鮮血可以讓太陽運行，而血液正是太陽濃縮變紅、存留在人類心臟裡的能量。這樣的想像讓人類選出了犧牲者，並讓牠們永無止盡的獻祭。人類襲擊各種野生動物，將牠們轉化成可以感知但看不見的內在力量，無論那是造物者或魔鬼的力量。

彷彿是我們自己需要邪惡存在，所以才會在這世界上看見不同的邪惡面貌。而某些特定的動物，剛好又可以生動展現那種造成傷害的可能性——潮溼的嘴唇往兩側拉開、露出閃閃發光的尖齒、充滿威脅。蝙蝠或鼠輩那奇特又貪婪的尖嘴剛好就符合這形象。另外，甲蟲類具侵掠性的盔甲和顎夾，則顯示一種靜悄悄襲來的恐怖。以致於到最後，所有的一切：在我們腳下的草地、水域、圍繞四周的樹木，都暗藏著昆蟲掠食者對我們無所不在地監視和威脅。

儘管知識在後來都慢慢建立起來，開始有了所謂「客觀」和「超然」的觀察。然而我們靈魂底層裡一些固著的感受，還是只能在那些狡猾、兇猛的形象中獲得滿足。例如形容「危機四伏」的順口溜中，會用特定動物的字眼：「空氣中的狼、水池中的狼」（the Wolf of the Air, and the Wolf of the Pond）。在廟宇和碑柱那些磨損的石頭上，仍刻著皺眉、冷笑、在風中齜牙咧嘴咆哮的神靈的臉，其中包含了我們的愛、恨、和憤怒。而在神秘的圖騰藝術邏輯中，那些刻畫著獸形守護神的繪畫或雕刻，會展示在住家或執法的屋舍前，以保護住在其中的人可以得到暫時的安寧。

這些形象，如果因為它們看起來充滿威脅和傷害，就認定它們的目的只是為了讓人感到害怕，那我們就真的誤解了。因為在那直接而明顯的暴力形象背後，其實還顯示了迷失和熱切的情感，而這也許才是最重要的。例如那尊昂首挺胸、光亮的銅製閻魔王像（Yamakanda），是一位擁有多隻手臂的西藏神祇。胸前緊抓著祂的配偶，態勢兇猛，像是要吞噬掉她。但那個擁抱，其實可以解讀成一種愛與奉獻的表現。但這尊神祇只能頂著祂那張野獸般的面貌，露出可怕、布滿皺紋的笑。

迷失的情感仍然追趕著我們，無論我們的感官變得多冷淡且抽象。森林的印記還在我們身上，從來沒有被焚毀。歐洲一些老教堂的教士會禮堂中，柱子頂端會雕刻一些雙眼直視的國王、君主肖像，他們的額頭，往往被一些貪婪的野獸、鳥身女妖、覆滿鱗片的龍緊攫著、撕咬著。那些尖爪、利喙造成的痛苦、紊亂和悲傷，感覺遠遠超越任何現實的狀況。在但丁神曲的地獄篇中，撒旦以一個巨大、半冰凍的蝙蝠形象出現。祂的翅膀一張一合，將惡寒和世界的邪念傳送出去，而象徵永恆悔恨的結冰淚水，則從那些高塔般發黑的人們臉上滾滾落下。

最後，我們從恐懼的古老支配中獲得釋放。森林又回到熟悉的樣貌：雨水、葉子、還有我們走過的陽光。那些糾纏不清的鬼魂，傳說中的形象都消失了。我們眼前見到的，只是地球上另一個生物：一團蹦蹦跳跳、覆著紅色毛皮的小球，或是一團炸開的灰色羽毛——牠們只是跟我們一樣，都必須順從命運的造化。

再回到理查森的蝙蝠，牠們在這麼短暫而稀有的期間內，以那棕色、葉子的身形穿越微光，時不時向我們訴說陪伴的喜悅。其實這已經足夠。事實上，這種喜悅可以在任何地方、被任何動物純粹的舉動、任何在白日和暮色中汲汲營營過生活的行為中找到。而且按理說，所有我們開拓的土地、空氣、大片的土壤與草地，都可以填滿我們心，那份滿足不會因為遺憾或擔憂明天而偏離。

氣候變化著。冰層消退或增長、陸地滑動造成乾旱與大雨交替、冷鋒往北或往南偏移。森林因為斧頭、鋸子、犁具發明而消失，然後當使用這些工具的手稍事休息，森林又再次出現。當我們建立起燈火通明的居住聚落，影子就被驅散到外圍去。濃濃的炊煙瀰漫，加深了黃昏暮色，一切寧靜無聲。

我走在路邊，凝視西邊強烈的夕照。空氣溫暖、微風徐徐，一大群蚊蚋突然從路邊的灌叢中冒出來，在我面前縈繞。當我經過時，牠們讓出通道，然後又在我身後重新聚集。牠們讓我想起從前的一些傍晚時刻，想起影子、喃喃低語、和那已消逝的同伴。不管這平靜秋日裡，世界其他地方發生了什麼，對我來說，這個傍晚的路上，已經不再有蝙蝠在頭上飛舞。

以長遠的眼光仔細想想，消失空無的光與加深的陰影，到底會產生什麼影響？像蝙蝠那麼微不足道的一種小生物，竟可以填補世界上一個不穩定的生態區域。那麼，牠們的消失，代表的應該不止是自然界一個暫時的缺口，而是缺少了一個生存的可能性、缺少一種存在的機會。

就像當我們望向這一片珍貴的大地，滿心期待看到一望無際、充滿皺摺的平原上，有雲彩在表面倒映出一片影子。還有許多動物在其上覓食、休息，而這片土地上空，有大群水禽飛過，快速拍動翅膀前往更遠的水池。天空更高處，還有俯瞰一切的鷹隼在風中靜止不動。然而，當我們用力睜大眼，仔細察看湖泊、草原和沼澤，卻發現什麼也沒有。沒有任何東西活著、沒有東西走動，只有風、距離、空無的寂靜。我們剩下的，只是一個沒有生命的地球。

理查森，一場夢

那是一個仲冬的夜晚，理查森的路上，正下著雪，路上也積起了雪。路狹窄而蜿蜒，兩邊樺木和柳樹夾道，樹枝相互交疊，被積雪沉沉的壓著，這條道路用地已經很久沒有修整清理了。

一陣輕盈的風從三角洲吹來，將雪片也跟著帶來，它們落在這條沒有標記的道路上。已經有數小時、甚至數天沒有車經過了，但還不至於到數周之久；雪已經下了很久，輕盈乾爽，是那種人走過時，會從腳的兩旁飄起的雪。

一個人影靠近了，在公路上朝西邊走去，前往理查森。他全身包裹著一件鬆垮垮的大雪衣，是人們常有的那種打扮。一種像外殼般的衣著，用來擋風。

他經過老多爾第的小屋繼續前進，行走時將那些鬆散、漂浮的雪推到兩旁，眼睛凝視著前方的黑暗；那人可能是漢斯，不，是馬文，要不然就是赫許伯格——他都會往那個方向走，應該是他，沒錯，但我們實在無從辨認。他的臉藏在雪衣的連身帽裡面，也許是個陌生人，但很清楚他要走的路。

在被雪填滿的黑夜中，公路旅店在他前方若隱若現。但那裡一點光都沒有，無論在房子裡或院子裡，煙囪沒有冒煙，爐子排煙管頂端的蓋子上，積雪已經結成一層硬殼。

他走上開放的陽台，在台階上踢掉鞋子上的雪，站在門前，敲了敲門，然後聆聽著，沒有回應的聲音，沒有狗吠、也沒有從裡面點亮的燈光。

他走向一扇大窗，俯身往內張望，前臂搭在窗緣上，他又敲了敲玻璃。

這棟建築老舊的圓木上布滿了雪，所有的裂縫也填滿了雪，窗台積著雪、屋頂積的雪更深。屋簷並沒有垂下沉重且閃亮的冰片，因為房子裡已經很久沒有起爐火了，沒人在家。

那男人站在陽台上聆聽著。在頭頂上方，粗糙、龜裂，用鐵絲懸吊的看板嘎吱作響，除了風聲，沒有其他的聲音。森林因為下雪而顯得安靜，星星完全不見蹤影，遠方無論哪個方向都完全沒有光，整個大地顯得幽暗而空虛。這遼闊的內陸，有的只是雪和寂靜。

男人轉身走開，將雪衣的帽子拉下來罩住自己。他再次回到公路上，往他前來的方向，走進風裡，朝坦德福山而去，然後消失在黑暗中。雪將他團團圍住。當他走過之後，雪填滿了他的足跡。

國家圖書館出版品預行編目（CIP）資料

星星、雪、火：在阿拉斯加荒野二十五年，人與自然的寂靜對話／約翰・海恩斯（John Haines）作；尤可欣譯. -- 初版. -- 臺北市：馬可孛羅文化出版：英屬蓋曼群島商家庭傳媒股份有限公司城邦分公司發行，2023.02
面； 公分. --（當代名家旅行文學；MM1153）
譯自：The stars, the snow, the fire : twenty-five years in the Alaska wilderness.
ISBN 978-626-7156-48-3（平裝）
1. CST：旅遊文學 2. CST：回憶錄 3. CST：美國阿拉斯加
874.6 111019799

【當代名家旅行文學】MM1153

星星、雪、火：在阿拉斯加荒野二十五年，人與自然的寂靜對話

The Stars, The Snow, The Fire: Twenty-Five Years in the Alaska Wilderness

作　　者❖約翰・海恩斯（John Haines）
譯　　者❖尤可欣
封面設計❖兒日設計
內頁排版❖張彩梅
總 策 畫❖詹宏志
總 編 輯❖郭寶秀
責任編輯❖洪郁萱
行銷企劃❖羅紫薰

發 行 人❖凃玉雲
出　　版❖馬可孛羅文化
10483台北市中山區民生東路二段141號5樓
電話：(886)2-25007696
發　　行❖英屬蓋曼群島商家庭傳媒股份有限公司城邦分公司
10483台北市中山區民生東路二段141號2樓
客服服務專線：(886)2-25007718；25007719
24小時傳真專線：(886)2-25001990；25001991
服務時間：週一至週五9:00～12:00；13:00～17:00
劃撥帳號：19863813 戶名：書虫股份有限公司
讀者服務信箱：service@readingclub.com.tw
香港發行所❖城邦（香港）出版集團有限公司
香港灣仔駱克道193號東超商業中心1樓
電話：(852)25086231 傳真：(852)25789337
E-mail：hkcite@biznetvigator.com
馬新發行所❖城邦（馬新）出版集團【Cite (M) Sdn. Bhd.(458372U)】
41, Jalan Radin Anum, Bandar Baru Sri Petaling,
57000 Kuala Lumpur, Malaysia.
電話：(603)90563833 傳真：(603)90576622
E-mail：services@cite.my
輸出印刷❖中原造像股份有限公司
初版一刷❖2023年2月
定　　價❖380元（紙書）
定　　價❖266元（電子書）

ISBN：978-626-7156-48-3（平裝）
ISBN：9786267156629（EPUB）
城邦讀書花園
www.cite.com.tw